一切都在慢慢变好，

因为想要的一切都在慢慢靠近。

目录

01	假如生活欺骗了你	**001**
02	加油,打工人!	**011**
03	终于开窍了	**023**
04	一个大 bitch 的到来	**041**
05	向下属索要貂皮大衣的人	**053**
06	两个女间谍	**065**
07	一个奇怪的声音	**077**
08	30 岁的惶恐	**089**
09	你需要一只香奈儿	**103**
10	打了胜仗的人	**113**
11	一个关于命运的故事	**127**
12	背香奈儿的女魔头	**145**
13	出乎意料的一夜成名	**159**
14	我是你们的假想敌	**177**

15	情场上没有常胜将军	197
16	商场上也有天真的人	209
17	圣诞爱情故事	223
18	努力重建自我的人	233
19	故事总有另外一面	243
20	A GOOD FIGHT	257
21	你的坚持终将美好	279

附录　287

公关精英

A Nice Fight

之香奈儿战争

宋美凤 著

人民日报出版社

图书在版编目（CIP）数据

公关精英之香奈儿战争/宋美凤著. —北京：人民日报出版社，2021.3
ISBN 978-7-5115-7090-1

Ⅰ.①公… Ⅱ.①宋… Ⅲ.①长篇小说－中国－当代 Ⅳ.①I247.5

中国版本图书馆 CIP 数据核字 (2021) 第 136545 号

书　　名：	公关精英之香奈儿战争
	GONGGUAN JINGYING ZHI XIANGNAIER ZHANZHENG
作　　者：	宋美凤
出 版 人：	刘华新
责任编辑：	陈　红　周玉玲
装帧设计：	沈家盟
出版发行：	人民日报出版社
社　　址：	北京金台路2号
邮政编码：	100733
发行热线：	(010) 65369509　65369512　65363531　65369527
邮购热线：	(010) 65369530　65363527
编辑热线：	(010) 65369844
网　　址：	www.peopledailypress.com
经　　销：	新华书店
印　　刷：	大厂回族自治县彩虹印刷有限公司
开　　本：	880mm×1230mm　1/32
字　　数：	190千字
印　　张：	9.25
版次印次：	2021年8月第1版　2021年8月第1次印刷
书　　号：	ISBN 978-7-5115-7090-1
定　　价：	48.00元

假如生活欺骗了你

28岁这一年,万明珠只要看到镜子里的自己,就觉得厌恶之极:双眼无光,皮肤粗糙,无精打采,美不美不重要,但没有灵魂。

对,就是缺少一点精魂。

好像哪里都不对劲,她突然找不到自己。

每天7:00起床,到了办公室对着电脑一天,头晕眼花之余,吃两顿油腻腻的食物,间或受受老板和客户的气。加班成习惯,回到家倒头大睡,第二天起床又是一个轮回,生活过得千篇一律。明珠觉得自己和这个城市的张小姐、李小姐、宋小姐、王先生、郭先生等没有任何区别,不过是某一栋办公楼里的一个基本劳动力。

明珠突然渴望看见自己。

越是渴望,她就越是怀疑自己。

白白努力了28年,读了那么多书,受了那么多训诫,男友离去,工作平淡无奇,她既没有创造出一个温暖的家庭,也没有创造出一份心仪的事业,不用她对自己失望,她的亲妈首先开始每天对她进行灵魂的拷问。

"你都28岁了,还是一事无成,你真的好意思说吗?"母亲在电话那一头讽刺地说。明珠甚至可以想象到母亲脸上轻蔑的表情,那是她从小到大最熟悉的。

这种想象彻底激发了明珠的怒意,她对着电话冷冷地问:"你究竟是不是我亲妈?"

这句话一出,母亲立刻习惯性地堵她的嘴:"又来这句,我生你养你,等到你长大,想要靠你,有什么不对?"

她正想说:"你生我时有没有问过我的意见?"

但话还在肚里,已被她的亲妈抢了先机:"明珠,明珠,我生下你的时候是希望你闪闪发光的,你看现在,倒不如叫暗珠。"

明珠气极了,挂断电话。

都说母爱伟大,可她从来不信。

明珠突然怀念很久以前,那时她还小,虽然12岁就失去父亲,母亲又偏心弟弟,但至少没有人逼她。她和弟弟每天一起上学、一起玩耍,也是有过家庭温暖的。

可是,自她毕业,冷漠的母亲突然变成另外一个更可怕的人,只知道要要要,比债主更狠心。

明珠问:"你明明有钱,为什么非要问我要?"

母亲答:"那些钱已经存入银行,到你弟弟20岁才可以动,没有你我的份儿,你该养我还是要养的。"

明珠哑然,她痛恨自己生命的源头。

此时是晚上8:00整,明珠挂掉电话,回到办公室继续埋头写PPT。

不知道过了多久,她终于在PPT上敲下了两个英文单词"THANK YOU",长长吐出一口气。

又再三检查两遍,确认无误后,把PPT发给了老板何辰佑。

合上电脑的那一刻,发现有冰冰凉凉的液体自眼角滑落,她顺手抽出一张纸巾拭干面孔。她一直知道,成年人没有资格软弱,与其自怨自艾,不如好好寻找出路。

办公室已经没有其他人,明珠打了一杯黑咖啡走到宽大的落地窗前,脱掉高跟鞋,坐下来,一边喝咖啡,一边享受这片刻的安宁。

这是她在这家著名国际公关公司ME工作的第5年。5年前她毕业,进入一家中型公关公司,得到老板何辰佑赏识,老板跳槽到这里,她跟着过来,就这样,一晃就是5年。

5年里,她不知道度过多少个这样的夜晚。

明珠仍然记得第一次进入这家公司时踌躇满志的感觉,她觉得大幕正从舞台中央升起,一个金光闪闪的人生正在前方等着她。

明珠的职业偶像是美剧《广告狂人》中的创意总监唐·德雷柏,她希望自己能亲手创造出富有广泛影响力的作品。

可是,时间让一切蒙尘,生活变得沉闷没有希望,再回身时,梦想已经遥不可及。

当然,奋力工作也并非没有回报,老板何辰佑与她亦师亦友,她是他的得意门生,在组内受重用,职场还算顺利,5年里升职3次,现在是高级经理。

可是，有什么用呢？

她的目光从工位上高高垒起的书上扫过，那里有《老创意》《定位》《公关圣经》《新规则》《失控》《金字塔原理》等，她无奈地叹了口气。

上周那个她花了半个月时间做出来的"牧羊人"创意，刚上会就被甲方领导一句话否掉，她想学唐·德雷柏据理力争，出奇制胜，可是才说一句话，就被老板的眼神制止，她不得不闭嘴；还有上上周那个"火柴盒"创意，当她激动地在会议室向同事们陈述时，收到了一波一波热烈的掌声和赞赏的目光，沈妍直接高呼："天才小姐万岁！"可是拿到甲方爸爸那里一陈述，方案是过了，又来来回回被改了七八次，定稿时已经面目全非，她深深地叹气。

明珠发现，她不仅对自己失望，对周围的一切都失望。

已经是晚上 9:30，楼下依然车水马龙、灯火通明，对面是这个城市最高端的购物场所之一。从明珠的角度望过去，依然可以看见进进出出的人群，明珠把脸贴近玻璃窗，想看清楚是什么样的人可以随意在这个地方购物至闭店，但离得太远，她完全看不清楚。

明珠想起上次去购物中心逛街看上一件真丝衬衫，款式和材质都让她心仪，可是当售货员小姐用无精打采的目光瞥了她一眼，报出价格"2880 元"时，她立刻气馁。

她想起了自己的穿衣原则，绝不买超过 800 元预算的服装，说了声"谢谢，我再看看"，就走开了。

"衬衫很好，但我不用花费这么多去购买它，物质只能带来一时的欣喜,只有精神才可以让人永久地愉悦。"明珠对自己说。

她认为现代社会最大的失败之处就是发明了消费主义和"成功学"。用消费来标榜阶层,甚至制造阶层,让消费成为工作的意义和生活的目的,明珠自认头脑清醒,不为圈套买单,她不需要用消费来证明自己。

还有,所谓的"成功学",简单地将成功归纳为一个个物质化的标签——豪宅、名车、百万年薪等,为什么成功就不能是自己定义的成功?为什么成功一定要有一个统一标准?

明珠对人类社会也有诸多的意见。

她质疑一切,但找不到答案。

正要收拾东西回家,闺蜜兼同学王笑笑打来电话。

此时此刻,王笑笑正一边敷着面膜一边和她讲电话。

王笑笑快人快语:"加班女王,我猜你还没有回家,是不是?在车上还是办公室?"

"正在办公室,马上就在车上了。"

"好好,长话短说。特大喜讯!今天中午我在餐厅偶遇周天,这个周末我们公司有一个outing,他让我转问你是否感兴趣。"王笑笑声情并茂地说,末了,又加一句评论:"相信我,他真的对你有意。"

周天是明珠和笑笑的校友,他同她们同级不同系。在大学时代,已是风云人物的周天曾是明珠的暗恋对象,只是那个时候,周天身边已有小师妹女友,明珠的暗恋一直没有见天日的机会。

明珠一边讲电话一边关灯，从门口的大玻璃窗上，她一眼瞥见自己一张憔悴下拉的脸，又忍不住微微叹气。

这个样子，连她自己都不喜欢自己，又怎么会相信别人能喜欢她？

"很难相信他会喜欢我，过去没有，现在也不会。"她好像在自言自语。

"明珠，你什么都好，就是缺一点自信心。"

"信心需要实力做基础。"

笑笑讶异："你今天好像格外看轻自己，发生了什么事？"

明珠被好友识破，突然鼻头发酸。

是的，她今天格外不能忍受自己，不能忍受平庸的生活。

据说在美国亚特兰大发生一起怪异事件，一个平日里默默无闻的老好人员工，家庭和睦，财务正常，突然有一天，在工作结束时，毫无驾驶经验的他，开着飞机冲向天空，一个小时内坠落身亡，警方后续调查，找不到任何成立的理由。

明珠突然非常理解那人的感受。

明珠不喜欢别人同情她，那种感受比骂她更难捱。

她说："今天太累了，又受客户无名之气，情绪不佳。"

笑笑安慰她："快回家休息，睡一觉包治百病。"

挂断电话前，她又补充说："outing我替你应下来，你提前准备好漂亮衣服。记住，要有女人味，投其所好。"

"好好好。"明珠敷衍说。

与此同时，心里有种说不出的厌烦感。

她曾亲眼看到有些女生为了迎合心仪的男生，改变说话方式和穿衣风格,变成另外一个人;也曾亲眼看到有些女生在赴约前咨询身边所有女伴,自己看起来是否有足够的性吸引力。

她自知做不到。

她担忧的是另外一回事。

她已经不是七八年前的万明珠,因为有些小才华而在校园内颇有人气,自信心十足,那样笃定地以为,他和她不过是天公不作美,时机缘分的错,否则,他一定会喜欢她,爱慕她。

今时今日,她已被社会蹂躏至低眉顺眼,眼角无光,全无还手之力,最无奈之处在于,她都不知道错在哪里,对手是谁,如何还手。

不是天时地利的问题,不同于往日,今日她觉得她配不上他。确切地说,不是配不上他,是配不上爱情本身。

怀着对自我的绝望,明珠回到家,匆匆洗过澡,爬上床,困意袭来,她已没有时间苦思答案,在进入梦乡前,她用残留着的最后一丝希望告诉自己:睡吧睡吧,tomorrow is another day!

这边王笑笑正在拆面膜,对着镜子一边动手,一边思忖:明珠一向性格沉稳,今天说话这样有气无力,一定有事发生,可是,究竟是什么事?

客户那边受了气?老板那边受了气?家里那边受了气?房东那边受了气?

这一想,突然物伤其类,觉得人生好惨,到处都是可以给她们气受的人，唯独她们没有什么资格发泄怨气！

正情绪低沉间，突然又一阵晴天霹雳直达头顶，眼角一条细纹不知道何时爬了出来，她嘴张得老大，趴在镜子上细看。这一看，更是触目惊心，这细纹足足有两个手指肚长，若隐若现地从眼角爬出来。笑笑用手努力撑开，涂上厚厚的眼霜，可是手放下来，又出现了。她又涂上前几日买的日本精油，用手指肚反复按摩，好像轻了一点。她的嘴巴到这个时候才合上了，但还是忍不住，沉重地叹了口气。

她又找出桌子上的保健品盒子，一口气吃下六种保健品，终于有些放心了。

"毕竟马上要29岁了……"王笑笑只要想到30岁这个字眼就觉得心惊肉跳。时间像一只张着血盆大口的母老虎一直在向她逼近，她躲啊躲，终究还是无法避免狭路相逢的自然命运。

她想起来1个月前和她分手的前男友。

那人真是可恶，她在和他交往了5个月后才知道，原来，他在城中的高档公寓是租来的，他的奔驰车是贷款买来的。

王笑笑几乎是在得知真相的第一时间，就提出了分手。

她不能原谅他的欺骗，更重要的是，她也不能接受他普通的经济条件。

是她王笑笑太过物质？时至今日，如果有人还用"爱情是纯洁的，不应该与任何物质挂钩"这种鬼话来教育她，她一定会以为对方生活在上个世纪！

市场经济社会最大的底层逻辑就是交易，用你有的交换你所没有的,在所有的领域都适用!王笑笑自认为对自己有客观、清晰的认知,她有什么?有模特的身材、明星的面孔、生意人的情商、银行家的智商、985名校的学历……这样的条件去交换一个有经济保障的好老公,未来的孩子爸,有什么问题?

所以,她分手的态度是理直气壮的!

他在转身前,讽刺地扔下一句话:"你是美,可是比你王笑笑美的人还有很多,她们或许家境比你好,或许性格比你好、年龄还比你小,分手就分手,我不会求你的。"

一向伶牙俐齿的王笑笑突然语结,说不出话来。

他说到了她的痛点。

但她很快便恢复镇定,先他一步转了身,留给他一个绝美的背影。

分手已经42天,新人还未出现,生日马上来临,王笑笑苦不堪言。

理想的终身伴侣究竟在哪里呢?

数学系毕业的她今天决定用科学模型帮助自己解决这个人生最重要的问题:资料显示,全中国有2亿单身人口,其中男性1.2亿,女性0.8亿,而根据巴莱特定律,任何一组东西,最重要的部分永远只是其中的20%,那么也就是2400万相对优质男性。而年龄在26—38岁的,按照人口统计学常识,应该占比在25%,也就是600万,再加上一些硬性条件——收入、学历、谈吐、性格,能匹配到的男性最多只有5%,也就是30万,而再按照地域来分,集中在北京大概率也就是其中的20%,

也就是6万。

王笑笑一边擦乳液一边想：这6万人里，能入得了我王笑笑眼的一定是里面的最顶层，也就是0.5%，不对，0.2%，也就是120人。

那这120个人平时在哪里活动呢？

等到王笑笑躺到床上时，她终于想清楚了一个问题：这120个人里，要么有自己的事业，要么任职在最顶尖的公司。她要到优质的公司里去捕获他们，也就是说，从明天起，她准备换工作！

一道皱纹令美女王笑笑激发了一场盛大的求偶斗志，王笑笑在进入梦乡前的最后一个念头是：Tomorrow is another day!

02 加油,打工人!

像每一个上班的早晨一样,8:00 整,明珠准时站在长长的队伍里等待 8:08 的地铁。她的眉心皱起来,脑袋瞬间抽离现实,今天是星期几呢?她发现自己像失忆了一样,无论如何也想不起今夕何年。

也难怪,日复一日,吃固定的食物,按照固定的时间睡觉,固定的时间上班,谁说她不是上帝的一件精妙的人类工具?星期几又有什么分别?也许,不是她在等地铁,是地铁在等她。

明珠在这个时候想起了一句话:本来一种工具,比如货币和金钱,是为了服务特定的人,但从量变到质变,它的地位越来越高,高到最后反过来了,变成人的主人……而人则沦为了工具。

思绪间,她被人群夹裹着开始向前走,8:08 的地铁已经进站,正缓缓地停下来,不同于往日的是,今天车身上的广告格外惹眼:"早安,打工人,劳动创造价值。"

明珠立刻嗤之以鼻,如果劳动创造价值,快递员小哥和外卖小哥才是这个社会创造了最多价值的人,这样骗人的鬼话为什么会有人相信?

正义愤填膺,"啊"地叫了一声,脚被踩得生疼,猛然抬头看见一个不修边幅的男生正一脸漠然地盯着手机,压根儿没有意识到自己损人不利己的行为,明珠看着皮鞋上的黑印子,一股气从心底涌上来,正要发作,却不知道为什么,突然泄气。

让她不满意的又何止眼前这个陌生人呢?好像她周围的一切都让她开始生厌,但她又不知道该躲到哪里去。

正在叹气,收到同事沈妍发来的微信:"何辰佑出事了,据说已被公司劝退。"

简直是晴天霹雳,明珠飞快地敲出3个字:"为什么?"

沈妍一向小道消息灵通,回复她:"好像是给客户送礼,客户出事,连带他一起被揭发。"

明珠又吃一惊,这怎么可能?

在她眼里,何辰佑几乎就是职业化和专业性的化身。

一颗心提起来,她担心何辰佑。

到了公司,她迫不及待地跑到何辰佑办公室一探究竟,但扑了个空,又发信息给何辰佑,但久久没有等到回复。

在茶水间遇到沈妍,沈妍看她魂不守舍的样子,拉她到一边说话,明珠又得知,何辰佑被传贿赂甲方金额有15万元,现在甲方东窗事发,他顺带被曝光。

明珠想起何辰佑经常在例会上讲的话:"我经常和甲方人员说一句话,我们不给回扣,我们只能回馈价值。"

那时那刻,明珠只觉得何辰佑像是一盏明灯,让她看到了工作的意义和价值。

长久以来,她所有关于职业和专业的价值观都是何辰佑所塑造的。如果事情是真的,那就说明这一切都是假的?

不不不,明珠相信事情一定会水落石出,何辰佑一定能洗清冤屈。

沈妍继续说下去:"因为金额没有达到刑事犯罪,所以做了内部处理,并不会有更严重的后果。"

明珠觉得心里好像有什么东西破裂了,头晕目眩,黑咖啡也不能让她镇定。

沈妍拍拍她肩膀:"老实说,我也很吃惊,谁都有可能犯这样的错误,但总感觉何总是不会的。"

明珠自言自语:"我相信事情一定有另外一面。"

沈妍抓着她的手安慰她:"明珠,你我都是成年人,我们得接受事实。"

明珠镇定一下,抬起头来,看着沈妍的眼睛:"沈妍,你真的相信何总是那样的人?"

沈妍叹口气,慢慢说:"成年人都有数张面孔,藏起来一张也是极有可能的。"

明珠也跟着叹气:"我不能相信何总有这样一面。"

"不能相信是一回事,事实是另外一回事。"沈妍谨慎地说,她知道明珠对何辰佑一向有敬仰之心。

明珠禁不住一声一声地叹气。

这几天,她好像已经对整个世界失望透顶。

到中午 12:00 的时候,明珠终于等到何辰佑的信息。

他避重就轻地说:"不用担心我,明珠。虽然离开了公司,但总有一天,我们还会再见的。"

明珠追问细节,何辰佑已经不打算多说,只是用一个简单的表情回复了她。

明珠了解何辰佑的性情,他若决定不说一件事,就再无可能多说什么。

明珠多想听到何辰佑亲口和她说:"相信我,我什么都没有做。"

可是,事与愿违。

她连捍卫他的理由都没有。

钱钱钱,好像所有的事情都是由钱引起的。

这两天的时间,金钱对她的教育非同寻常,她已经开始重新思考金钱的价值。

群龙突然无首,组内10几个人无人专心干活,大家私底下都在讨论这件事,越是听到大家讨论,明珠越是头疼,她需要重新定义工作的价值和意义。

明珠突然生出勇气,要为何辰佑,也是为了她自己做一件事。

她去找分管业务的副总裁约翰张。

在那张宽大的办公桌前,明珠竭力为何辰佑伸张了正义,希望公司能邀请第三方调查整个事情的原委,还他一个公道。

约翰张认真地听完了明珠的话,但是却把话题引到了另一个方向上。

他诚恳地肯定了明珠对于上司的忠诚,很荣幸公司能有这样相信上司的员工,也表示这件事情已经不在自己的能力范围内,但是他也会以他的方式为下属尽可能争取正义。

末了,他清清嗓子:"明珠,接下来,我会亲自管理你们团队,在新总监到来前,请你暂时辅助管理团队。"

明珠麻木地点头,退了出来。

怎么说也为公司服务了五六年,为什么不能相信自己的员工?明珠对公司也生出诸多不满,没有了何辰佑的ME,已经不是她认识的模样。

明珠摸摸额头,认识到她需要准备勇气应对生活的新变故。

转眼间,何辰佑在办公室已经消失1个多月。

渐渐地,他的名字也在办公室很少被提及,好像他这个人完全没有存在过。

只有明珠,一直暗暗惦记他。

她期待着,突然有一天,像是奇迹发生了一样,她去上班,发现他的办公室打开了门,而他本人正坐在里面,喝着咖啡、皱着眉头对着电脑看邮件。

而之前发生过的一切,不过是个误会。

但是,现实太过残酷,不存在误会。

明珠替他悲哀,这个世界缺了谁都毫发无损。

她并无太多时间伤春悲秋,工作排山倒海压过来了。

约翰张是个甩手掌柜,他安排明珠暂时管理团队,自己整天不在办公室,新总监迟迟未上任,明珠每天手脑并用,解决各种前所未见的问题。

这天,约翰张叫明珠开总监会议。

约翰张手下有 6 名总监,2 名在上海,4 名在北京,每次开会都是两地连线视频会议。

众人准时到齐,不一会儿,约翰张挽着袖子,拿着笔记本走进来了,他威严地环顾了一下四周,看见大家已经各就各位,一边连线笔记本,一边和大家问好:"最近大家过得怎么样?"

众人礼节性附和几声。

约翰张松松领口,开始开会。

"我先说接下来一个月的 3 个工作重点:第一,金融领域和游戏领域新客户的开拓工作……"

明珠看见其他人都迅速地在笔记本上记着什么,不禁有点疑惑。

正打开一张空白 Word,也要装模作样写点什么,冷不防被约翰张点名:"万明珠,你来总结一下我刚才的发言。"

明珠脑子一下子进入空白,她第一次参加总监会议,对大家的工作内容原本就不清楚,又加上并没有非常用心听讲,哪知道会面临这样的考验。

她硬着头皮回忆刚才的情景,磕磕巴巴地说:"第一点是关于新客户开拓的,目前的情形是……目前其实……"

约翰张失望地摇摇头,明珠的一张脸马上涨红了。

约翰张一点面子也不给她,直接打断她:"就这样吧,我没有那么多时间复述我说过的话,以后如果答不上来就不用来了……孙嘉铭，你来总结一下我刚才的发言。"

孙嘉铭听到点名，立刻给了一个完美的3分钟即兴演讲，末了，又加上根据自己组内实际情况的点评，听起来又专业又权威。

明珠屏住呼吸，到这个时候，她才知道，同样一张桌子上坐着的人，差距竟然如此之大。

她立刻坐直身板一字不差地听约翰张讲话。

约翰张讲完工作重心，让各个部门从各自角度出谋划策，同时汇报目前工作重点。

明珠越听越紧张，简直要坐立不安了。

她听着大家条理清晰地分析行业状况，点评甲方问题与优势，做出合理判断，一边佩服得五体投地，一边紧张得呼吸困难。

最后，轮到她时，她已经彻底投降，决定自由发挥，总比大眼瞪小眼一言不发显得更有智商。

明珠开始汇报工作细节："上周，完成4个客户的月度公关传播，一个客户的提案，提案方向……"

约翰张耐着性子听了1分钟，眉头皱起来，忍不住开了金口："就这样吧，不要浪费大家时间了。明珠，我知道你第一次参加总监会议，还是那句话，如果下次没有长进，就不要来了。"

明珠鼻头一酸，眼泪差点掉下来。

约翰张丝毫没有同情心，他继续说："我们这一行，进来并不难，但是要做好，并不容易。今天你应该看到差距，回去好好努力，不是长得漂亮，就可以来这里混日子的。"

明珠完全失控，她抬起头来争辩："我本来就不应该……"

约翰张根本不理会她的争辩，用手势制止了她，立刻又投入下一个议题。

明珠一肚子委屈，只觉得自己又蠢又钝，坐在那里，简直就是一个笑话。

会议终于开完，明珠逃一般地离开会议室，但在门口被约翰张叫住了。

约翰张并没有打算多看她一眼，一边走一边说："来我办公室。"

在约翰张那间现代化气息浓厚的办公室里，明珠直接表明心头想法："老板，我从来不曾混日子。"

约翰张严厉地看了她一眼，开启另一个话题："我听何辰佑说，你在组里最有才华，可以在半个小时内写出20个不同的创意，而且你也最上进，经常每周看1本书，但你的创意在甲方的通过率并不高。你有没有想过，这是为什么？"

明珠猛然抬起头来，她诧异约翰张会知道这样的细节。

"才华不是孤芳自赏，是建立在为现实世界创造价值的基础上的。如果自命不凡，就请拿出你的行动力来，而不是你的批判力。一个人在拥有话语权之前，最好的态度是听话。"

约翰张顿一顿，继续说下去："在职场上，不进则退。现在你出现在更高层的地方，是给你的一个机会，不管你能待多久，都好过你坐在外面待一年半载的历练。你竟然愚蠢到说，你不应该出现在那里。你知道有多少人想进入那间会议室，有多少人担忧有一天会从那里退出来？"

明珠不由自主坐直身板，从来没有人这样和她说过话。

以前，何辰佑习惯包容下属，循循善诱，像温暖的港湾，为众人挡住风雨，并且永远站在真善美的一边。

今天，她第一次听到如此直白的丛林法则。

"明珠，你以为我有这么多时间教导一个高级经理？没有的，在新的总监没有出现之前，我需要一个能干的得力下属……"

明珠又是一怔，她对约翰张有了新的认识。

一直以来，这个40岁出头的成功男人是办公室谜一样的存在，不知道的人看到的是他富有魅力的一面：健硕的身形，一丝不乱的头发，永远妥帖、绅士的穿着，还有良好的社交风度。

认识他的人对他有更深层次的了解，至少，他有一个办公室无人不知的爱好：他喜欢美女。比如，前年的美女秘书，去年国际部的高级经理简妮，还比如……

还有，他的私生活更是声名远播，刚到中年的他已经离过两次婚，两个孩子都随母亲生活，这也让约翰张的个人生活潇洒得没有半点牵挂。

以前因为隔着何辰佑，她很少与约翰张接触，非常有限的几次，也是敬而远之。

可是，今天看到他严苛专业的一面，与传闻大相径庭。

"您放心，我以后一定不会犯今天的错误，一定加倍努力。"

"我再问你一个问题,你认为公关的本质是什么?"约翰张直视她的眼睛。

"公关的本质就是说服,说服某一个群体认同某一个理念。"明珠自信这样的考题难不住她。

"那你靠什么说服?靠你以为的世界应该如何如何?靠你以为的是非曲直?你如果真想说服别人,就应该想办法从对方的角度理解世界,找到那把沟通的钥匙,而不是做一个怀才不遇、自以为是的人。还有,公关的本质不仅仅是说服,是改变潮水的方向,是对周身世界的每一种变化保持警觉,在此基础上引导一切改变的发生,并最终产生巨大的影响力。"

约翰张的这番话说得铿锵有力,句句千钧,明珠几乎要肃然起敬了。

还没有等她做出反应,约翰张的秘书出现在门口:"下午4:00的总裁会议您得准备了。"

明珠起身,识趣地退出来。

再次回到座位上,空气好似都已换过,到处都充斥着战斗的嘶喊声音,激励她勇往直前。

她写了一张字条贴到电脑上:"加油,再加油!"

经过这次谈话,约翰张更是肆无忌惮,连每周的例会都很少出席。

她只能在微信上捕捉约翰张:"老板,上午的邮件还请抽空回复一下。"

"方案的方向还请定一下。"

"创意的方案还请看一下。"

约翰张永远只回复她:"你看着办吧。""你来判断吧。""你代替我签字吧。"

明珠无奈,只能打肿脸充胖子。

日子一天天过下去,她发现自己竟然过了一关又一关。

03 终于开窍了

明珠对着镜子一边化妆，一边反省自我。

敏感、情绪化、沮丧、自我怀疑、自我厌恶、焦虑不安、不想社交……

这几乎是她 28 岁以来的全部情绪特征。

实不相瞒，她曾经怀疑自己患上了抑郁症。

可是，医生用科学论证坚决地否定了这个设想。

那是为什么呢？明珠开始怀疑科学。

今天，她要去参加聚会。

明珠叹口气，这好像是她有史以来最丑的一天。

好像又变胖了，脸上又长了痘痘，头发这么干枯……

明珠坐在一堆衣服里，自怨自艾，想要临阵逃脱。

但笑笑及时制止了她："废话少说，情绪不好，更需要出来呼吸新鲜空气。"

明珠一想，也有道理，一个人待在家里用全部精力来讨厌自己，简直生不如死。

她穿了简单的白衬衫和牛仔裤出门，一切返璞归真，爱谁谁,她已经不抱任何奢望。

笑笑看见好友,远远跑过来挽住她的手臂,埋怨道:"怎么穿这么保守,多少也露一点给人看看嘛……起码要告诉对方,你是一个女人。"

明珠故作自信:"天生丽质难自弃,我不靠衣装靠气质。"

笑笑又给她打气:"今天你只能赢不能输。"

明珠倒吸一口气,果然,美女们的战场都在情场上,感情是要以输赢论的,她配合地说:"好,我使出浑身解数。"

但是,看到周天,她一下子又慌了。

时间变得邈远。

她想起多年前第一次见他的时候,那个时候她还在读大学二年级,在夏日夜晚的一次操场舞会上,周天是主持人,明珠第一眼看见周天,只觉得他像夏日里的一个美梦,那洁白的衬衫在暗夜的操场上像一束星光,打在她的心上。

她念念不忘,四处寻找他的消息,得知他在学校的爬山社团里很活跃,立刻报了名。可是,他已经有了漂亮的女朋友。这场夏夜的美梦一下就持续了好几年,直到他们都毕业。

但也许还是有些缘分的,兜兜转转几年,毕业后的第5年,闺蜜笑笑跳槽到一家金融公司做宣传工作,竟然意外发现周天在投资部担任高级经理,并且单身。

是被上天厚待,所以要撞大运了?明珠首先感到的是恐惧,仿佛手捧一个万分精妙的美物,要战战兢兢地走出两公里才能据为己有,稍有闪失,美物就要滑落地面,粉身碎骨。不去争取总觉得对不起自己,对不起老天赐予的这个良机,但是要努力争取，就要经受这种万分惊险、患得患失的心理考验，稍有不慎，即满盘皆输。

说到底，是她没有自信。

时间拉回现实，明珠看见周天远远地走过来，步伐轻快而沉稳，身形和当年在学校的时候几乎无差，整个人却平添了几分成熟和自信，白色的棉布T恤在阳光下十分亮眼，整个人都洋溢着一种朝气蓬勃的气息。

明珠禁不住深吸一口气，强装镇定。

一个人太喜欢另一个人终究是不好的，太多的能量倾注到对方身上，不仅让对方感到无形压力，也让自己感到虚弱。

等到站在周天面前，一切心理努力都失去效用。

也不知道为什么，像变魔术一样，明珠突然觉得自己身形顷刻间缩小数倍。

周天热情洋溢地打招呼："好久不见，明珠，很欢迎你来呢。"

明珠不听使唤地说："周天，你还是和以前一样。"

周天爽朗地笑起来："变胖了好多呢，倒是你，还是和以前一样清秀靓丽。"

要夸奖一个普通人真的不容易吧？不漂亮就只能用"清秀靓丽"？明珠悲观地想。

正在分享近况，有人开始催促他们上车。

明珠以为周天会坐到她旁边，但没有想到，周天太受欢迎，在车门口已被相熟的同事叫过去，扬言要一路打牌。

明珠有些失望，但又如释重负，于是和笑笑同坐一排。

此时此刻,明珠才注意到,笑笑基本眼睛不离手机,像有心事。

"有新恋情了?"明珠问。

"暂时没有。"

"那你是?"

"我要换工作,密切关注工作机会。"她小声说。

明珠诧异:"这份工作不是换了还不到一年?前几天你还说非常满意。"

笑笑又压低声音:"那是前几天,这几天已经不能满足需求。"

明珠看着笑笑,她的闺蜜永远让她另眼相看。

这个时候,一股清淡的花香扑鼻而来,让人顿时神清气爽。

一转身,看到一位优雅端庄的女士,脸上带着淡淡的笑容,一边摘墨镜一边抱歉地说:"不好意思,让大家久等了,路上塞车。"

明珠一眼认出对方身上的真丝衬衫正是她在公司对面购物中心看到的那一件,不禁屏住了呼吸。

这名女士30多岁年纪,身材消瘦匀称,白色的真丝衬衫搭配棕色的牛仔裤,细腰上配了一条棕色腰带,整个人看起来又潇洒又有气质,很是赏心悦目。

明珠忍不住问笑笑:"那是谁?"

笑笑说:"固定收益部的一个姓林的副总裁,据说能力超群。"

明珠出于女性的敏感问:"她多大呢?"

笑笑摇摇头："这是个谜一样的问题，成功女性的年龄大都停留在 30 多岁，之后基本看不出来。"

明珠再次留恋地看着那件衬衫，真妥帖啊，穿在我身上，大抵是没有这种气质的。

车开始启动，车上的人开始三三两两地聊天、打牌、做游戏。

笑笑放下手机，拿出一面精致的粉红色镜子来补妆。

明珠好奇笑笑为何要补妆，一张小小的鹅蛋脸早已艳若桃花，明艳动人。

但她还是细细涂抹了一番才罢休。

明珠忍不住摇摇头，果然，任何事情都需要专业，比如，成为一个美女。

笑笑放下镜子后，皱一下眉头，又转过身来，小声和明珠嘀咕："明珠，咱俩同年，马上就要 30 岁……"

"不是，29 岁。"明珠抢白她。

"马上就是 29 岁，一眨眼不就 30 岁了？"

"好好说话，为什么要吓人。"明珠白她一眼。

"原来你也知道怕？我以为你追求工作美、知识美，年龄对你不产生任何影响。"

"那倒是，我比较深沉有内涵。"

两个人禁不住笑起来。

笑笑又说："30 岁前，你有没有要实现的愿望？"

明珠沉默，又突然像是发现了什么一样，但很快泄气，没有勇气说出来。

"你呢?"她反问好友。

"我要在30岁前成为妈妈,找到完美老公,我只求平安富贵,婚姻美满,有男人爱我,养我一生。"

明珠撇撇嘴巴:"完美老公,平安富贵,婚姻美满,真够坦白。"

"愿望一定要说准确,才能成功,快说说你。"

被好友鼓励,明珠大胆说出心底的期望:"我渴望30岁时,找到自我。"

明珠不由得回头看一眼刚才那位女士,就是在刚才,她突然有了模糊的前进方向。

笑笑鄙夷地说:"大而空,很难落地,还是我的比较实惠,接地气。"

明珠"切"的一声。

但她打心底感谢闺蜜,带她暂时逃离自我厌恶的情绪。

说来,她们的友谊也是久经考验,上学的时候,既是同班同学,又是室友。

也不是没有经历过尴尬的彼此怨念,但最终化尴尬为玉帛,再未生过嫌隙。

她们究竟是怎么成为好友的呢?

因为她们有太多的共同点,比如,境遇、爱好、求学经历、要面对的生活问题。

但是,她们的性格又有些不同,明珠更加理想主义,笑笑更加现实主义。

明珠羡慕好友总能利用身边有限资源为自己创造更好的

前程，而她自己做人做事总是过于理想化。

笑笑则喜欢明珠的善解人意、沉稳踏实，不像她，总喜欢走捷径。

到达目的地时已接近中午。

午饭是烧烤，大家一起准备起来，热热闹闹，不一会儿，整个草坪都荡漾在一片食物的香气中了。

周天来找明珠，两个人悠闲地聊了半个小时，谈的大多是一些熟人的近况和工作现状，大概是在车上改变了心境，明珠突然有了点自信，谈话也轻松起来。

有人来喊周天打球，周天希望明珠一起去，明珠自觉自己球技不好，怕让大家扫兴，摆摆手，让他过去。

笑笑恨铁不成钢："多好的机会，又被你浪费，这么被动，如何脱单。"

明珠吐吐舌头："我真不想连累人家。"

"什么叫连累？男女在一起能叫连累？不会打，就让他教你，说不准，他更开心，教胜于玩。"

"是是是，女生弱一点，男生更有成就感，不懂、不会、不行，在男生眼里，统统是可爱的优点，因为让男性找到存在感，是不是？"

笑笑诧异地看着她："你不是都懂吗？我严重怀疑你并不想谈恋爱。"

明珠突然暗下脸来："我心力不够，自信不足，感觉不是好的开始。"

笑笑暗自讶异，刚认识她时，她元气满满、眼神飞扬、自信心十足，怎么毕业6年，好像明珠落入尘埃，变得畏首畏尾、沉默暗淡？

"是从什么时候起，又是因为什么，让你没有了自信？"

明珠被好友说中心事，低下头来："我对自己很失望。"

"明珠，振作起来，青春只有一次，人生也不过就是一次。"

笑笑正要去拍好友肩膀以示鼓励，发现好友正聚精会神地凝视远处，她顺着好友眼神望过去，也呆住了。

只见，周天正和先前那位穿真丝衬衫的林副总组成一对，与另外一男一女打比赛，那位林副总身材玲珑娇小，动作异常灵活，一看就是运动场上的常客。不一会儿，对方已经反攻为守，无以招架，周天和林副总遥遥领先，频频击掌鼓劲，又时而向对方竖起大拇指，远处看起来，也是很养眼的一对。

明珠听见自己呼吸变得急促起来。

王笑笑已经脱口而出："老妖精！"

但连她也不得不承认，这"老妖精"确实别有一种知性的女性魅力在里面，让她都快要生出几分嫉妒来了。

王笑笑正在欣赏对方球场身姿，不想，明珠已经站起来，不管三七二十一，拿了球拍朝操场走过去，另一方的女士正好想退下来，看见明珠，立刻如获救星。明珠上场，对面的周天和她扬扬手，她鼓足生平洪荒之力，咬着下唇，誓要赢得这场比赛。

王笑笑打心里笑出来，这才是她认识的明珠，永远不服输的明珠。

但事与愿违，几个回合下来，王笑笑已经替她羞红了脸。

"逞什么强呢？还以为你深藏功与名呢！"回去的路上，王笑笑一边帮明珠托住腮边的冰块，一边忍不住说。

就在刚才，明珠被羽毛球擦伤脸部，虽然不是什么硬伤，但半张脸已经肿了起来，幸好，后勤那边带了冰块来，周天急忙取了拿给她消肿。

明珠沮丧地说："成功女人真可怕！体力还那么好，难以想象。"

王笑笑转怒为笑："不过，你干得好呀，这叫苦肉计，你看周天，这一路上人坐在那里，心早飞到这里了。"

明珠白她一眼："我疼死了，按紧一点。"

约翰张盯着电脑，头也不抬地说："邮件我已经发给你了，记住，这个事情务必要处理妥当！一方都不能得罪，如果得罪了任何一方，你就不用来了！"

明珠"嗯"一声，忍不住撇撇嘴巴。

正要退出去，约翰张叫住她训话："你可以不满意，你也可以在心里骂我，像骂任何一个难缠的客户，但是，你要记住一点，除非你具备改变事情的能力，否则，你所有的不满就是阻碍你成长的最大来源。人的进步是建立在行动中的，不是思想上。"

明珠发现约翰张有一种罕见的读心术，在他面前，她就是一个透明人。

不过，她也竟然服气了，愿意乖乖听话。

但在看完那封长长的来往邮件后，她就开始头大，约翰张竟然交给她这么一个烫手山芋。

事情是这样的，润物笔记是最近几年风靡一时的网红笔记本，品牌属于实力雄厚的白山集团，润物笔记最近打出了"与 F20 同款"的标签，F20 是一个世界海洋论坛的代称，有 20 个国家参与。最笔记和润物笔记属于同一类笔记本，是一个创业者刚开发出来的品牌，刚在市面上有一些热度后，最笔记成为 F20 指定进会笔记本。

最近，最笔记的创始人陈山在网络上发表了一篇文章直指润物笔记，一石激起千层浪。文章的名字是《致白山集团：能给创业者一条活路吗？》，文章指责白山集团不但侵权，且数次沟通都不做回应，只能通过舆论解决。

因为 ME 是最笔记和润物笔记的设计供应商，双方都要求 ME 出来为自己证明。

这该如何是好呢？都是金主，谁都不能得罪啊。

明珠在周会上把这个难题丢出来，大家立刻七嘴八舌讨论起来。

"这事明明是润物笔记的错，我们在给最笔记出设计方案时，是看到了对方的 F20 指定证书的，但润物笔记在修改方案时，所有的指向都是要模仿最笔记。"负责该项目设计方案执行的设计师说。

"但润物笔记连续 4 年都是我们的年度客户，我们也不能得罪衣食父母。"

"如果我们为了利润不说出真话，一旦揭开真相，我们的信誉也会受损。"

"润物笔记只是说'同款',是文字游戏,不过是擦边球,也并不能说就是侵权吧。"

……

明珠听着大家的意见,一瞬间里,好似溺水的人突然学会了自救,她的思路清晰起来。

她对负责该项目的同事说:"晨莉,你去和法务部咨询一下,这种情况是否构成侵权,从常识来判断,这样的用语应该已经构成了侵权。"

"张亮,你起草一个公关文案给润物笔记,要言辞激烈地做出回应,题目就叫《给你讲一个有趣的创业者的故事》,这篇文章要抖出最笔记创始人陈山在前几次创业中的抄袭事件,并且表明他们的设计确实与'最笔记'风格类似,采用了同一家设计供应商,并不涉及侵权。"

"沈妍,你去和最笔记的公关部说,我们会站出来为他们证明。"

众人齐齐将狐疑的眼光看向她。

明珠揭开谜底:"只要最笔记晒出 F20 授权证书来,润物笔记无论如何都要输掉这场舆论战的,如果是这样,不如利用舆论的关注度,将品牌炒热,然后顺势马上再策划一轮润物笔记的促销活动。这样,虽然输掉了舆论,但是在商业上却是成功的炒作,至于最笔记,即使我们不站出来澄清,事实最终也会公布出来。"

众人立刻啧啧称赞,可谓一箭双雕。

再过两周,事情如明珠预料,在这场舆论战里,一方获得声誉和口碑，一方获得流量和商业成功，都是获益者，ME是双方的功臣，事情处理得妥帖巧妙。

明珠竟然有些小小的得意，她一下子开始看得起自己了。

果然，自信非得由做成一件事情里来。

她写邮件给约翰张汇报事情原委，不承想，刚写到一半，约翰张在微信上呼叫她。

约翰张抬起头来，正眼看了她一眼，平静地说："润物笔记那件事，做得不错！要继续保持这样的做事水准。"

明珠打心底笑出来，这是她和约翰张工作了半年后，第一次听到他肯定她。

她听见约翰张说："明天下午有个颁奖晚宴，你和我一起去，地址和时间我微信发你。"

明珠问："需要我准备什么吗？"

约翰张嘴一抿，一张严肃的脸突然罕见地泛起了几分笑意："你终于开窍了，当一个人开始问对的问题，就证明她走在正确的路上了。"

明珠今天两次被老板肯定，不由得满脸挂上笑意，等待约翰张给出下文。

约翰张上下扫视了一下她，明珠立刻自惭形秽。

她又听见约翰张说："记住，人们不会关心你实际上如何，只会关心你看起来如何，你想要什么样的人生，你就得先看起来是什么样的。"

明珠立刻意会。

约翰张又说："我之前听说，白山集团的市场部高级总监高林一直不批企业内部文化的项目,到时候,她也会在现场,你要抓住机会说服她。"

明珠又一怔,本以为是去开眼界的,不承想还带着艰巨的任务,她忍不住嘀咕:"老板每次给的任务都让人压力山大。"

"公关人的战场无处不在,时刻有所准备是必备素质之一。"还是没有一点同情,明珠怀疑约翰张是铁石心肠。

她怀着沉重的心情退出约翰张办公室。

一到下班时间,就迫不及待地冲进对面的商场。

明珠决定打破坚持了6年的"800元置装"原则,奇怪,事情转变得有点快,她情愿为消费主义买单,而且认为理所当然。

逛了20分钟,她就开始沮丧,一个名牌手袋至少要花掉她一个月的工资;一套名牌套装,也至少要花掉她1/2的工资。

又逛了半个小时,终于狠狠心买下一个13000元的最新古驰手袋和一套4000元的套装,她非常心痛。

第二天见到约翰张,明珠试图从约翰张眼里读出反馈,但约翰张对控制面部表情相当有技巧,明珠自认失败。

但约翰张体贴地教了她一个小细节:"拍照的时候一定不要站在灯光下面,那样会显得人头发稀疏,面容苍老。"

明珠恍然大悟,怪不得约翰张所有在公众场合的照片都绅士得体,可见细节功夫早已做到位。

明珠第一次参加这样的行业盛会,进入会场前,反复给自己打气,以防露怯。

果不其然，她看到了好多平时需要隔着屏幕才能见到的行业人物以及各大公司高管。

明珠当下野心勃勃地想，终有一日，我也要像约翰张那样抬头挺胸地走进来。

工作的野心一回归，整个人精神面貌也为之一新，眼前顿时明亮起来，未来变得可期，人生又有了新的希冀。

思绪间，约翰张已经端着酒杯和他的老朋友们谈笑风生去了。

明珠四处环顾一下，找到了她要找的人：白山集团的高林。

高林正在和几个相熟的人聊天，穿着红色的职业套装，虽然40多岁的年纪，但因为身材保养得很好，看起来也就是30多岁的样子，明珠突然想起笑笑说的那句话：成功女性的年龄大都停留在30多岁。

一位摄影师走过去要求给4个人拍照，4个人立刻点头，一字站开来。

明珠马上走过去，她活学活用，笑着说："各位可以往这边站一下，大白光会显得面色不太好看。"

4位高管齐齐看过来，那目光里带着丝丝的好奇，以及丝丝的感激，明珠心里叫一声好，她知道出师顺利，好的开始是成功的一半。

晚会还有15分钟开始，她一看到高林走到甜点处拿热茶，立刻走了过去。

"您好，高总，我是ME的万明珠，一直负责贵公司润润茶的案子，已经做了4年。"

高林转身，看到明珠，想起刚才的事情，已经有了几分来自专业度的好感，于是笑着说："听说你们做得不错呢。"

顿一顿，像是想起了什么，又说："辛苦了，前段时间也给你们惹了不少事情。"

"应该的，能给白石集团这样的龙头企业服务，我们都是战战兢兢，一定要竭尽全力。"

"感谢你们了，估计以后还是要拜托你们的。"高林亲切和蔼，平易近人，明珠不由得放松身心，两个人各自拿了一杯茶站在一个吧台边闲聊。

明珠扯到正事上："我们给咱们集团做的企业文化的项目好像已经有4个月了，不知道一直没有下来是不是因为我们没有抓住核心需求呢？"

高林沉思一下，说："其实，企业文化这一块目前还不是我们的重心，比如说，我们的企业文化手册，做了这么多年，但感觉也就是做做样子，大家看得很少。"

"也有可能是我们的内容和形式并没有多少吸引力。"

"我觉得至少目前，白石集团还不是一家靠企业文化驱动增长的公司，所以，也许未来会有变化，至少目前，企业文化还不是重要的事情。"

明珠突然慌乱，一向伶牙俐齿的她找不到立足点，高总监话说得如此铿锵有力，她找不到突破口。

正在尴尬地思索从哪个角度谈起，一个熟悉的声音响了起来，是约翰张。

"高总，我分享一个观点，就像一个国家的人民需要知情权，知情权是人民安居乐业的必要条件之一，对于企业而言，员工也需要了解企业战略是什么，这是一个企业的方向，方向明确才能创造命运共同体的感觉。"

高林点了点头："这倒是一个新奇的观点，说实话，我一向以为企业文化就是一个样子，没有从这个角度看问题，回去后，我仔细看看你们的方案。"

明珠立刻高兴地说："谢谢高总，您一定不会失望的。"

高林的助理来叫她，她告辞。

明珠呼出一口气："刚才我真的已经词穷了。"

约翰张拍拍她肩膀："要想说服一个人，你必须站得比对方高。"

"是的，老板，我深感需要加强学习。"

颁奖典礼快要开始，明珠和约翰张一起走进会议大厅。约翰张因为去年 ME 的"银联信用卡画卷"整合营销公益传播案而成为"金星奖"最佳创意得主。今晚，他要领奖，并且要作为主讲嘉宾发言。

这个晚上，明珠看着约翰张时而站在讲台上专业地发表行业观点，时而游刃有余地穿梭在人群里，和他在会议上的面孔简直判若两人，有那么一刻，她想起了她的前老板何辰佑。

事实上，那个"银联信用卡画卷"整合营销公益传播案是何辰佑亲自操刀的，但他已经不在公司，而"金星奖"规定只能颁发给申报公司所在的项目负责人，并且必须是仍然在职的，所以这个奖项当之无愧地落在了约翰张的身上。

明珠为何辰佑感到惋惜，与此同时，她看着讲台上举手投足魅力四射、幽默自信的约翰张，和台下众多欣赏的眼神，突然意识到，有奖项加身对于行业人士来说多么重要。

还有那么一刻，她开始感谢约翰张，让她看到了新的方向，重新燃起了改变生活的斗志。她想，跟住这个老板，一定会有不一样的飞速成长。

然而，事情另有安排，她很快就有了新的老板。

一个大 bitch 的到来

在秋风乍起的 10 月，一天，人力资源的总监莫瑞安带着一个高高瘦瘦的摩登女郎来到 ME 的公关三组，10 个人同时抬起头来，意识到新总监来了。

"你们好，我是王明娜。"新总监双眉挑起来，带着公式化的笑容和他们打招呼。

只见她穿着一身天蓝色的香奈儿套装，又高又瘦的身形乍一看有点像模特，留着利落的齐耳短发，一双眼睛大得像东欧美女，但鼻梁扁平，整张脸脂肪较少，凸显出棱角分明的骨骼感，整体看起来说不上有多美，倒是非常洋气干练。

王明娜今年 38 岁，据说，之前在一家中型国内公关公司做副总裁，亲手创造了很多行业经典案例。

大家正对着新总监行注目礼，觉得这样充满风格的女领导一定会给办公室带来新能量，不承想，听到新总监说："以后要麻……烦大家来协助我了，也就是我们是同一根绳上的蚂蚱了，大家在客户那里受了气可以来找我撒……气。"

这样洋气的出场，让众人以为新总监定会在交谈中夹几个流利的英文,没有想到,新总监竟然会有轻微的口吃。

众人的目光由新奇变成惊讶。

新总监显然注意到了自己的失态,调整一下气息,镇定下来了:"以后请大家多多支持我的工作。"

但是,第二天中午,王明娜就给了大家一个意外的开场白。

中午的时候,王明娜在工作群里招呼大家一起吃饭,并且亲自选了餐厅。大家已经很久处于群龙无首的状态,渴望有老板的领导和指导,于是积极响应。

席间,大家无意间得知王明娜过往的辉煌案例经验,以及毕业于某个国外高大上的商学院,还有,家住城中富人聚集区的某港湾。

有人忍不住开始抬起头来仰望年轻有为的她,也有人惊讶于她直白的风格,比如,明珠。

不过,接下来,大家都齐齐有了同一种难以名状的奇怪感受。

买完单后,王明娜在工作群里发了 AA 制的收款链接,众人马上意识到,新老板并不是要新官上任搞好组内气氛团结群众,只是简单地和大家一起吃一个工作餐。

明珠也感到意外,但马上换位思考,每个人带团队的风格不一样,国外不是流行 AA 制吗?兴许是一个新的开端。

但王明娜让大家意外的点越来越多。

上班的第二周,她以了解大家工作的名义,开始和组内所有的成员单独面谈。

之后,就出现了一种罕见的群体表现:大家从那间别致的办公室出来后,脸上都不约而同地带着一种好像被人扒光了衣服的羞辱感。

连一向逍遥自在的沈妍都忍不住在微信上和明珠吐槽:"这人真有些奇怪,竟然盘问我家三代人的工作,这是不是太过分了?"

很快地,明珠也感受到了新老板的"入侵"。

明珠作为3个组级别最高的员工是最后一个被约谈的人。

坐定后,王明娜客气地恭维她:"明珠,我看了你的简历,美女高才生,有你在我的组内我就放心了,听约翰张说,这段时间多亏了你呀。"

明珠注意到王明娜的轻微口吃现象只出现在她紧张的时候。

明珠一向对于恭维免疫,也客气地回应几句。

但是,王明娜接下来的话让一向沉稳的她也控制不好面部表情:"说实话,我只看重两种人,一种是出身好的人,一种是学历高的人。因为做公关这个行业,你知道的,考验的终极专业能力是品位,说白了,没有先天的条件,或者后天抵达的高度,品位这个东西,很难短时间学会的。"

明珠倒吸一口冷气,这样富有阶级色彩的言论以一种理所当然的口吻被说出来,听起来真不太舒服。

明珠暗自想,原来看得起我,因为我终究还是占了一端的。

王明娜看明珠不做回应,又和她套近乎:"你叫明珠,我叫明娜,一看我们就有缘呢。"

明珠心内不悦,沉默如金。

之后的对话就类似于调查科了,明珠感觉将自己的人生全部交代了一遍:什么大学同学都在做什么呀,平时喜欢做什么呀,有没有男朋友呀,父母做什么的呀……

明珠只觉得胃里似乎有什么东西在翻动,让她觉得想吐,她轻轻捂着小腹,将忍功发挥至最大限度。

谈了近1个小时,王明娜已经得到全部答案,于是像皇帝一样赦免了明珠,并且给她布置了一个任务:写一份今年的工作计划。

明珠长吁一口气,领了任务回到座位上。

再过一周,新官上任三把火,王明娜决定撕下温情的面具,在组内建立威慑力。

在部门的周例会上,她数落了一位负责公益口的客户经理,把她的季度工作计划从头到尾批判得体无完肤,最后说了一句更狠的话:"跟着我做事,这种智商水平是不达标的。"

这名工作了3年的女同事大概是忍耐到了极限,而且正值年轻气盛,"腾"地站了起来,说:"那我不准备跟了,我担心跟到阴沟里呢。"说完后,在众人吃惊的目光里,女同事宣布立刻辞职。

王明娜显然也没有预料到这样的结局,但她丰富的职场经验让她立刻恢复了镇定:"请你职业一点,要辞职就立刻去人事部门办……理!"

然后,在众人目瞪口呆的目光里,继续若无其事地主持会议。

类似的事情越来越多，大家的日子开始不好过。

明珠一向敬岗爱业，属于奋力苦干型，但她的日子也渐渐难挨。

一天，她和新老板一起去看一个重要客户的高层采访。

路上，新总监闲闲地谈起，自己已经在北京买了4套房，买第一套房的时候是和明珠一样的年纪，到现在，终于成为这个城市绝对的高净值人群。

然后，她又顺势打探道："明珠，你应该早已买房了吧？"

明珠实事求是："没有。"

王明娜点上一支烟，带着毫不掩饰的轻蔑口吻说："也真是不容易的，你也快要30岁了。"

明珠咬紧牙关，一言不发。

但王明娜不打算放过沉默的她："女人啊，30岁前什么程度，基本说明这辈子可以走到什么程度了，这是经验，比如我的亲闺蜜，现在已经是著名的电台主持人了，还有上次来办公室找我的那个朋友，她家里的生意都遍布全国了，还有GV公司的市场部副总，年轻有为，是哈佛商学院的高才生……"

明珠没有忍住自己："您看，我不是还没有到30岁呢。"

明珠当下决定，无论她如何套近乎，以后都离她远一点。

"中年油腻女！"

人到中年，挂在嘴边的常用语是"我认识谁谁谁""我的朋友谁谁谁"，统统都是油腻的最佳证据！

还有，靠炫耀和贬低别人来抬高自身价值，明珠以为那是世界上最低级的手段之一。真的有自信，真的相信自己有价值，怎么会每天拿出来向别人证明呢？分明就是明晃晃的自卑！

明珠觉得自己脸上的鄙夷神色一定昭然若揭，她把脸别过去看窗外风景。

但王明娜也有让她服气的时候。

那天，到了摄影棚，刚下车，一眼看见负责拍摄的彭磊在门口焦急地打电话。

询问了才知道，润润茶的客户正在里面大发雷霆，他们公司的董事长已经到了，采访的记者却还在路上。

王明娜听完前因后果，立刻安排明珠进去安慰客户，告诉客户如果10分钟后记者还不出现，我们公司的人就拿着提纲自己来采访，至于内容发布，还按照原来计划，没有任何变化。

回身又安排彭磊去找甲方要这位董事长的全部个人信息。

明珠立刻依照安排执行任务，在拍摄间外找到公关部总监，向对方解释解决方案，公关部总监听完后一张拉长的脸慢慢恢复原样，叹口气说："只能这样了。"

几分钟后，采访记者就急匆匆地赶到了，正要进拍摄间，被王明娜叫住了。

"你进去后，先和陈总诚恳地道个歉，然后祝他生日快乐，今天是他的生日。"王明娜嘱托记者。惊慌间，记者点点头。

果不其然，脸色已经不好看的陈总在听到一声祝福后，立刻眉开眼笑，现场气氛随之变得轻松了，拍摄非常成功。

还有一次,碰到一个棘手的案子——全亚洲最大的奶茶店润润茶突然被同行的一个后起之秀靓茶攻击,大家在策略上僵持不下。

靓茶发布几组数据,证明润润茶存在严重的市场垄断现象,一石激起千层浪,一时间,润润茶成为业内同行攻击的对象。

公关部总监吴小姐一筹莫展,顶着大大的黑眼圈要 ME 三组尽量想出应对之策。

就在大家开始联系咨询公司,想要购买更精细数据,正面给出回击时,被王明娜按了下来。

"在这件事情上,我决定,我们的策略就是两个字:不理。"王明娜坚定地说。

大家猛地抬起头来。

客户吴小姐首先发问:"坐以待毙?让新闻自动发酵,然后恶化到无法阻止?"

"不是坐以待毙,而是不屑于回击。"

吴小姐摇摇头,表示不解。

"你想,润润茶是行业老大,如果任何声音攻击我们,我们都回应,那不就是中了对方的圈套,给对方制造声量和知名度?对方之所以攻击我们,无非是想要获得行业知名度而已,就好比一个记者一定要写大佬才会红,是一个道理。"

大家当下被说服,事后证明,这种"无为"比"有为"更加有效,只过了一周多,靓茶的言论就再也激不起任何浪花。

一起工作了一段时间后,明珠发现新老板的工作能力并非像她的为人一样浮夸，开始调整自己，适应新老板风格。

以前，她和何辰佑时而像老板与员工，时而又像大哥哥和小妹妹，亲疏有度，工作与生活并不十分隔离；现在，她对新老板采取了完全不同的策略：工作上绝对服从，生活里保持距离。

但王明娜对她却有另外一种认识。

王明娜发现这名美丽的高才生下属性情温顺、做事踏实，既不邀功，也不抱怨，还话不多，实属难得。刚来的时候，还以为她一定是娇滴滴的交际派，不肯用功，凭借脑子好使，会耍小聪明，目标在于猎取金龟婿。一起工作一段时间，完全推翻之前想法。

"是我要的得力助手。"王明娜站在百叶窗后，一边举着细细的白色香烟吞云吐雾，一边默默思忖。

王明娜是一个典型的女强人，快要40岁，目前有一个小自己12岁的小男友，彼此相处愉快，但她对结婚生子已经随缘，最大的希望是在事业上再上一层楼，进入另一个层面。

她对给别人打工已没有太大兴趣，在逼近40岁的某一天，她终于做了决定，一边在公司任职，一边成立了自己的公关公司。

既可以保住行业地位，还可以借机向自己的公司输送资源，两全其美。唯一不足之处在于，要干两份事业，需要消耗太多精力。

但此时此刻，看到窗外埋头苦干的明珠，她突然有了主意。

明珠越来越忙，王笑笑抱怨不已，说要见她一次至少得提前两周预约。

王笑笑说得没错，比如，今天的见面就是她们两周前约好的，时间换了又换、推了又推，终于成功会师。

王笑笑刚刚做完瑜伽，沐浴后头发还没有干透，穿一身清爽的运动紧身衣袅袅婷婷地走过来，长发披散开来，坐下的时候，伸出纤纤玉手把头发向后一撩，对面坐着的那位男士的目光立刻被吸引过来了，王笑笑转身朝他嫣然一笑，他立刻双眼放光，整张脸也明亮起来。

明珠仔细观察那位男士衣着打扮，判断他应该是一个普通打工族，断然用不着好友费如此心思，不禁有些纳闷。

"这位国色天香的美女，那位显然不是你的猎物，为何用这种心思？"

王笑笑白她一眼："罗马不是一日建成的，任何技巧都需要练习。"

明珠忍不住笑起来："这样乱抛媚眼，会不会惹火上身。"

"惹火上身才有故事，像你，成天坐在办公室，故事都找不到你。"

明珠"切"一声。

她想起一个问题："为什么要跑到CBD这样的地方来练瑜伽？又贵又远。"

王笑笑倒是十分坦白："我看上一个人，他在附近工作，要想偶遇，就得创造机会，这叫邂逅。"

明珠微微吃惊，好友在交男友这件事情上简直穷尽心思。

她又想起了一件更加遥远的事情。

毕业第一年，笑笑所在的公司要派她去上海担任更加重要的工作职务，笑笑想都没有想就拒绝，因为，那时她的男友在北京。

毕业第四年，有猎头要挖她去一家头部的互联网公司，她拒绝，因为那时她的男友放出了话："我未来的老婆绝对不能一天花 10 个小时在工作上。"可是，她拒绝那家互联网公司还不到两个月，他们就分手了。

明珠觉得好友在婚姻这种大事上，有些"努力过度"，问："邂逅指数有多高？万一失败了呢？"

"创业还得失败几次才能成功，何况是交男友呢？权当是教训。"

明珠突然佩服好友的心态，笑起来："行行行，我希望 30 岁前你不仅找到完美老公，还生出了完美的孩子。"

王笑笑却突然叹气："离 30 岁只剩下 401 天了，时间过得可真快。"

明珠想起最近的烦心事，也忍不住叹口气。

两个人点菜，明珠点了鳗鱼、寿司，笑笑点了沙拉；明珠点了果汁酒，笑笑只点了菊花茶。

"小姐，你已经够瘦、够美了，请对自己好一点。"

"我最近不能忍受所有糖分，知道吗？那是导致衰老的罪魁祸首，再说，对于生育也有百害无一利。"

明珠摇摇头："有道理，但我自知做不到，每天有数场战争需要耗费心力、体力，我需要储存能量。"

两人正闲聊，忽然旁边一个声音响起："两位美女，我叫李健，在楼上工作，很想认识一下，这是我的名片。"

明珠转身，吃惊地发现，这位相貌平平的男士正是刚刚坐在不远处的那一位。

明珠不由得默默讪笑，不做任何反应。

王笑笑习以为常："你好，我叫王笑笑。不巧，我来运动，并没有带名片。"

对方顺势说："那我加一下微信？"

"好呀。"

对方加完王笑笑，又礼貌地问明珠要微信，明珠知趣地说："不好意思，我手机没电了，你加我朋友就好，她可以推给我的。"

对方点点头，又寒暄了几句，恋恋不舍地离去。

王笑笑挤挤眼睛，笑着说："是某个大厂的产品经理，看不出来，属于前途无量的那一款。"

"是是是，可离你王笑笑的择偶要求貌似还有一大段距离。"

王笑笑娇嗔："那也不妨碍我多一个 C 选择嘛。"

明珠无奈地摇摇头。

05 向下属索要貂皮大衣的人

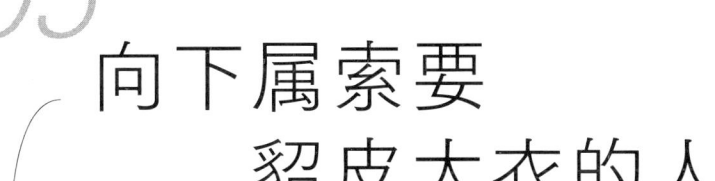

29岁生日，明珠竟然浑然不觉。

她太忙了，几个月来，体重直线下降，生平第一次不用再担心吃多少脂肪、长多少肉。

她的新老板向约翰张看齐，也做了甩手掌柜，不到万不得已，绝不亲自过问工作细节。面对她的提问，永远是"自己想办法，有问题就问我，我又不是保姆！"，再或者"动脑筋，办法总比问题多"。几次问下来，明珠就闭了嘴，知道问了也没有用。

明珠只能出死力，一天24小时，除去吃饭睡觉，全部心力和精力用来对付工作，整个人倒变得安稳起来，精神一旦停止游荡和自我攻击，愉悦的情绪也开始滋生。

忙碌治愈了她。

那天，她一大早到办公室，埋头工作到中午，正打算订一个汉堡充饥，沈妍来叫她吃饭。

她本想拒绝，但沈妍说有要事要和她商量，她只得起身。

来到餐厅，推门进去，看到一桌子人，她吓了一跳，正要退出去，又被沈妍推了进去，才发现全是熟悉的面孔。明珠很奇怪："今天聚餐吗？什么情况？"

话音还没有落，众人已经唱起了生日快乐歌，有人端着生日蛋糕走出来，明珠看到上面写着"明珠生日快乐"，才意识到，大家在给她庆生。

明珠情不自禁泪盈于睫，她低下头，用手捂脸。

沈妍拿一张纸巾给她擦眼泪，安慰她："好啦，过生日要快乐，以后才会天天快乐！"

"好好好，我要天天快乐，否则对不起大家的这份心意。"明珠一边擦眼泪一边说。

明珠刚要吹蜡烛，大家要她许愿，她双手合十，放在胸前，默默许下29岁的心愿。

有人问她："明珠姐，你许的什么愿？和我们分享一下。"

有人打趣："我猜和男人有关。"

有人猜测："我猜和年龄有关。"

还有人说："错错错，我猜和工作有关。"

明珠笑着揭秘："这样看来，你们都比我有追求。我许的愿望是，30岁前，让我不要迷惘。"

明珠真心感激大家，心情变得开朗起来，吃下两大块蛋糕。

众人说笑一通，一会儿抱怨客户，一会儿讥讽老板，一会儿又八卦行业内幕，不亦乐乎。

29岁的这个开场白，又温馨又明亮，生活终于向她展开花颜。

但她没有想到的是，她的好心情让她的老板心内生出刺来。

那天，王明娜的午饭是在星巴克吃的。为了控制热量摄入，一直以来，她对自己的饮食严格控制，今天她点的是星巴克最新推出的健康餐，热量只有1200卡。

像往常一样，午餐结束，她点了一杯黑咖啡。

就在她无意中刷朋友圈的时候，一张图片让她立刻坐直了身子。

那是她的90后下属发的一张生日照，照片中，明珠正双手合十站在蛋糕前许愿，配图文字是：祝我最亲爱的明老板生日快乐！

王明娜的火气一下子从心底升腾起来，明老板？除了她王明娜，还有谁敢说自己是明老板！

她再细看，更是坐不住了，背景里至少有七八个人的样子！

下属过生日，竟然叫了全组的人，独独不叫老板！

王明娜突然意识到一个问题，她最近忙于自己公司的事情，放手让明珠带团队做事情，虽然让自己省了很多心力，但却造成了另一种潜在的风险，那就是大家离她越来越远，遇到任何问题，都只和明珠商量，眼里已渐渐没有了她！

见微知著，从一张照片里，王明娜开始看到问题的另一面，并且重新衡量事业上的布局策略。

但这还只是一个开始，类似这样的事情越来越多。

一天，明珠在楼梯处找到正要出门的王明娜，拿着即将发出去的季度报告让她过目。

这个时候，沈妍急匆匆赶过来，看见明珠如获至宝，完全无视站在旁边的她:"终于找到你了,GV的李总要提前半个小时开会,问你可以吗?"

明珠回答:"没有问题,我应该10分钟内可以结束,让大家提前准备好方案。"

沈妍"嗯"一声就急匆匆走掉,完全没有注意到她的那声提问:"GV今天开会的议题是什么?"

虽然明珠立刻替沈妍回答了她的问题,但沈妍的态度已经说明了一切。

还有一次,她带着明珠去见一个约翰张推过来的新客户。

正要出门,媒体部的90后小姑娘跑过来,问:"明珠姐,走之前能否帮我看一眼方案,只需要3分钟时间,我担心会出问题。"

明珠立刻转身和她说:"您等我5分钟可以吗?"

她只能点头。

媒体小姑娘倒是机灵,热情和她打招呼:"明总监好!"

她点了点头,表示回应,再也没有什么话谈。

王明娜决定要好好筹划一下这件事情,以防万一。

明珠没有注意到王明娜的脸色越来越难看。

终于,在一个初春的早晨,ME三组的部门例会上,王明娜对着明珠大发雷霆。

原因是王明娜对明珠最近发给客户的一份方案非常不满意,而在此之前,明珠并没有征求王明娜的意见。

明珠一时蒙掉。

之前,她的每一份方案都会发给王明娜征求意见,但从未收到任何反馈。她还记得有一次,在她汇报工作时,王明娜亲口和她说:"以后这种类型的方案只要我不特别提醒,就不用发给我看了。"

久而久之,这已然成为她们之间的默契。

还没有等明珠有所反应,已有下属为她喊冤:"明总,其实那份方案甲方好像还挺认可的。"

这句话相当于火上浇油,彻底激怒了王明娜,她厉声呵斥该名为正义出头的同事:"甲方很,不,满,意。这个我没有必要向你解释吧?"

这名同事觉出事情另有蹊跷,立刻噤声。

会议室内气氛跌入零下几度,众人屏气凝神,听候发落。

明珠终于开口:"是我做得不好,您看哪里需要修改,我再重新修改一份出来发您。"

王明娜铁了心要出气,哪里肯轻易息怒:"这个方案要重新做,这就是我的意见。"

明珠立刻应声:"好的,我马上做,这周四发给您。"

"周四?我要明天。"

大家都不由自主抬起头来。 什么? 一份方案近80页的PPT,重新做至少要一周的时间,怎么可能明天?

但好脾气的明珠还是应下来了,她知道,方案已经不重要,重要的是要老板息怒。

这一天,明珠彻夜赶工,平时一向支持她的美术和文案也陪她加班至凌晨2:00,终于熬不住回去了。

偌大的办公室里,明珠埋头苦干。不知不觉,再抬头时,她看见了东方的鱼肚白。

她打了一大杯黑咖啡到窗户边,对着窗外重重呼出一口气。

委屈吗?不委屈是假的。

明珠环顾四周,这是她毕业以后的第2家公司,今年是她在这里奋斗的第5年,她对这里是有感情的。可是,今时今日,这已经完全不是她当初进来的那家公司了。

自何辰佑离开后,事情失去控制,她每天都要面对新问题,面临新的处境。她知道,人需要适应环境才能生存下来,所以,她一直逼迫自己去改变。

但是,聪明的她也意识到,今天的问题不同于往日,因为往日的问题都是自工作本身而起,但今天的问题是自人心发起。

这对于她,又是一个新的关口。

明珠喝完一杯咖啡,伸个懒腰,整个人又精神起来,案子马上收尾,她已经尽力了。

她的担忧没有错。

案子发出去半个小时后,明珠就被王明娜喊进办公室。

明珠咬紧下唇,在王明娜那张象征着权威的宽大办公桌前落座。

王明娜的第一句话就让空气立刻凝固:"明珠,我对你太失望了!"

明珠不由自主坐直身板,整个人绷紧了。

她又听见王明娜说:"这个方案我不满意,高度不够,创意也太过陈旧,如果拿这样水平的东西来糊弄我,那你就想错了!我不是那么容易被糊弄的!"

明珠本想要辩解,话到嘴边又立刻咽了回去,换上另一句话:"您有什么具体的意见吗?今天我一定再改一份出来。"

但让她意外的是,这句话又点燃了王明娜的满腔怒火。

王明娜的一张脸拉得老长,睁大了眼睛对她喊:"你问我具体的意见?我要是具体的方案都想好了,要你干什么?公司请你来是为了解决问题的。你不是刚毕业的学生了,这点道理应该懂吧?"

明珠一颗心提到嗓子眼,她怕控制不住自己。

"你知不知道这个客户公司有多重视,这是约翰张推荐给我的客户,我们能掉以轻心吗?我不管你用什么方式,你要是有脑子,就用这个案子来证明一下!"

整个办公室里充斥着王明娜尖刻的叫骂声以及由此带来的火药味,办公室外的人也不由得屏住了呼吸。

明珠终于开口:"我一定努力尽快再改一份出来,让您满意!"

"最晚明早发给我!"王明娜又下了一道"圣旨"。

明珠领了旨,低着头退了出去。

不到两天的工夫,额头上的痘痘又一颗颗地冒了出来。

沈妍在微信上问她:"大 bitch 又在挑刺吧?"

明珠发一个哭泣的表情。

沈妍又说:"约翰张这是给我们请来一尊佛啊,让我们每天供着，什么都不干，一点实质性的意见也不给，这哪里是老板啊，这是老板娘的样子啊。"

明珠苦中作乐，突然笑起来。

也许不是笑话很好笑，只是她需要放松一下神经，笑总比哭要体面。

沈妍过来叫她去打咖啡，两个人相当有默契地去了阳台。

沈妍似乎比她还生气："简直不可理喻！啥都不干，还脾气那么大！"

明珠感谢同事的仗义，但是她已经顾不上抱怨和生气，脑子里盘绕的问题还是这个案子该怎么改。

她一声不吭地坐在台阶上，一只手耷下来，一只手拿着咖啡杯，整个人像一个泄气了的皮球。

沈妍越说越生气："客户都没有说什么，她这是找哪门子碴儿呢？我看她就是针对你，针对你服众……"

明珠当然知道事情原委，否则她为啥要忍呢。

她突然怀念前老板："你猜，何辰佑此时此刻在做什么呢？是在另一家公司上班，还是在云南老家晒太阳？"

说话间，她翻出前老板的微信，可是，看到的还是一片空白，他好像人间蒸发了。

沈妍也禁不住怀念起前老板："要是何辰佑在该多好啊，那时候我们每天多开心。"

明珠却突然振作起来："没事，最难的时候，挺一挺，就过来了。"这句话，在她做方案至想哭的时候，在她被客户刁难至想哭的时候，在她担心结果至萎靡不振的时候，何辰佑都和她说过。关键时候，前老板的教诲还在。

沈妍叹口气："我说一句实话，你要是辞职不干了，我马上和你一起。"

明珠感激地看沈妍一眼，她相信沈妍不是一时之气，而是肺腑之言，职场上能有这样的友谊，也是她的造化。

她也相信，如果沈妍遇到这样的情况，一定会马上辞职走人。

沈妍家境富裕，大学一毕业，家里就为她在北京较好地段买了一个小公寓，毕业三年，已经开着日本小轿车来上班。她工作是为了自己开心，不需要看人脸色。

事实上，王明娜待沈妍要比明珠客气很多。

自进公司的那一天起，王明娜已经相当清晰地定位了自己的日常交往范围。

凡公司家境好、学历高的，才有资格和王明娜一起吃饭、喝咖啡、闲聊，以及分享朋友圈，除此之外，王明娜几乎叫不出对方的全名。

王明娜也毫不避讳这一点，在某一个相当放松的时刻里，她曾亲口和明珠说："我每天的时间，每一分每一秒都是盘算过的，我和谁吃饭、和谁喝下午茶，都是有缘由的。"

王明娜待沈妍还真是用心，以她眼高于顶的习惯，也曾在休息日约沈妍一起逛街，但沈妍不领情，想都没想就找了个理由推掉了。

真正让沈妍对王明娜产生厌恶情绪是在去年年底。

年底做工作总结时也是员工的升职加薪时间，那个时候，公关三组有一个升职名额。约翰张让王明娜来决定，这个名额最终落在沈妍和晨莉之间。

王明娜象征性地征求明珠意见，明珠并不受私交影响，实事求是地说："沈妍来公司早，一直没有升职，业绩不错，也应该有升职加薪的机会了；晨莉虽然来公司晚，但大家有目共睹，勤奋肯干，业绩也很好。选谁都是对的。"

王明娜"嗯"一声就打发了她。

过两天，她选了一个下午，分别与两位候选人谈话。

首先进来的是沈妍。

聊了几句日常工作后，她这样切入了正题。

"沈妍，其实公司选人都是有理由的，比如你，优势非常明显，资源这种东西是最无可替代的。"

沈妍立刻意会她的意思。

王明娜继续说下去："约翰张其实很久以前就想做浙江绍兴市政府的舆情年度客户了，可是一直找不到什么切入点，如果你爸爸可以帮忙介绍一下，约翰张一定会领情的。"

沈妍费了很大的劲才抑制住脱口而出的一句恶语，她轻轻换了口气，和颜悦色地说："可是，我爸爸一直鼓励我去国外进修升学，不想让我工作，更不可能在工作上帮助我了。"

王明娜坚持晓之以理："沈妍，上一辈的人和我们这辈人想法不一样，所以嘛，得多沟通。你这种得天独厚的资源不好好利用，我真替你可惜。"

沈妍堆出一脸笑来："那我再试试呗。"

王明娜夸奖她："真是聪明人，一点就通。"

走出那间办公室,沈妍就把这件事抛在了脑后,让她用这种方式换取升职加薪,那还不如让她辞职呢,升职加薪于她而言,原本就是锦上添花的事,有没有这回事,对她的生活没有丝毫影响。

但她对这个新老板的厌恶却深了数层,今天又看到她这样对自己的好朋友,真是觉得她面目可憎。

王明娜又叫晨莉来谈话。

一样的模式,她用另一个点来切入主题。

"晨莉,上次吃饭听你谈起,你大学同学去加拿大定居了?我一直想找机会问你来着,前年想给我妈妈订一款温哥华产的貂皮大衣,一忙就忘记了,我发你图片,你看能否让你同学帮忙代购一下?在国外买会便宜很多呢。"

晨莉出生在三线城市,父母都是普通工人,家里还有一个上大学的弟弟,平日生活简朴,但性格坚强,靠自己在这个城市打拼。

晨莉大概能意会老板的意思,点头答应下来。

再过一个星期,晨莉的貂皮大衣已经订购成功,王明娜要给晨莉转账,晨莉推让两句,王明娜就此打住不提了。而沈妍这边呢,没有任何音信。

两周后,人事部公布消息,晨莉升职成功,成为公关三组的第2位高级经理。

06 两个女间谍

王明娜在谋划一件一箭双雕的事。

在 EE 集团的这个案子上,她无论如何都想拿下这个重量级标。

她希望逼迫明珠拿出好的方案,助力她拿下案子,但万一失败,她希望能拿下这个案子的是她的公司。

她来公司已经有大半年,虽然组内运转顺利,但是除了自己从旧公司带进来的一个金融客户,也不过是一个 200 万元的案子,再没有开拓出任何新客户,她需要用业绩来证明自己。

眼下的这个 EE 集团,是约翰张在饭桌上直接表示很想拿下的客户,而且介绍她和市场部对接的人就是约翰张,万一拿不下来这个案子,约翰张的脸面就不好看。

但万一真的拿不下来,她也希望最终中标的是她自己的公司,这样,无论从哪个角度来看,都是不错的结果,所以,她才给明珠这么大的压力。

至于明珠是不是威胁她的地位?还不至于。

她不过是借此机会让大家明白,谁才是真正的老板,她可以给明珠权力，也随时可以不给。

此时此刻，王明娜又习惯性地站在百叶窗后面观察办公室动静。

明珠正站在设计旁边讨论着什么，沈妍锁着眉头盯着电脑，晨莉埋头查资料……一副如临大敌的战斗场面。

王明娜忍不住这样想：万明珠这种越挫越勇的女子发光发热不过是时间的问题，看着柔弱温顺，其实，骨子里却有成事最关键的一点，那就是韧性，幸亏她是下属不是对手，否则，假以时日，很难控制。

而这边明珠已顾不上多余思路，她全部精神用来对付方案，又熬了3个大夜，到周五的上午，明珠已经提交了4个完整的方案。

最后一版方案发过去后，王明娜仍然不满意，但是周五12:00是提报的截止时间，她也没有时间再提出新要求，黑着脸，指着明珠说："你，负责把方案发过去，抄送我就好。"

到了竞标的前一天，明珠以为王明娜如此看重这个案子，一定会亲自讲标，但出乎她的意料，王明娜一句话就全部推给了她："我没有看上的方案，我是不会讲的。"明珠只能带着4位下属硬着头皮上场。

一周后，竞标结果公布出来，大家看到评分都沉默着，办公室陷入死一样的寂静，众人看到王明娜拉的又长又黑的脸，大气也不敢出。

王明娜自己的公司也落了标，但因为美术效果出众，得到甲方入库资格，后续合作应该顺理成章，也算有了收获。但

ME 属于惨败，王明娜发愁如何向约翰张交代。

明珠自觉已经尽力，创意是她的长项，让她带全案，她只能硬着头皮上，事先心中已有数，如果失败，只当积累经验教训；如果成功，就再接再厉。

但她的身体确实疲累，几个大夜熬下来，黑眼圈大得都快成了熊猫眼，再加上精神压力过大，身体软绵绵的，有病倒的征兆。她跟老板请了两天假，准备在家好好睡一觉。

休假前，为了安排妥当日常事项，她又加班至晚上 9:00。

路过财务部提交本月的发票，不承想，却听见约翰张的办公室传出了女子的哭泣声。她吃了一惊，不由自主地停住脚步，这一停，血液立刻自脚底抽干，涌到头上来，简直要原地爆炸。

只听见里面的女人软糯糯地说："我的意见已经一点作用都没有了，我知道明珠之前确实是暂代过这个位置，非常辛苦……我给出的意见一点也没有执行……可是我给出的意见是我之前请他们公司副总裁吃饭问出来的……"

她屏住呼吸听下去："老板，我很想听听您的意见，您要指导我，我该怎么管理下属，像明珠这样的老员工，说又说不得，和大家又相处了那么久……"

一股怒火促使明珠走到约翰张办公室的门口，但手刚触到把手的那一刻，她的理智回归了。

"这样撕破脸，是准备好要丢饭碗了吗？"一个声音在她的内心响起。

到这个时候，明珠才意识到这份工作对她的意义。

换句话说，这份工作几乎是她在这个世界上唯一的依靠。

这个认识让明珠浑身生出寒意。

原来，她拥有的不过是这么多。

明珠走回座位，飞快收拾东西，逃离办公室。

在休息的3天时间里，她又接到了母亲的电话。不出所料，又是要钱，这次的原因让她一个抱怨的句子都无法出口，因为母亲的高血压犯了。

明珠打了5000元给母亲，嘱咐她好好休息，不要过于操劳，也不要省钱。

3天的时间里，明珠把现实的各个维度思忖了一遍，得出一个结论：如果躲不过，那就只能迎难而上了。

再上班时，果不其然，王明娜开始鲜明地站在她的对立面。

她对明珠所做的一切工作都不满意，仿佛明珠的一举一动都会引发她的无名怒火。

明珠将忍耐的精神发挥到了极点。

她的下属们开始为她打抱不平。

这一天，3个同事私底下约了明珠出来吃饭。

没想到，他们比明珠本人更加生气。

"她就是对你有意见，明摆着在找碴儿。"

"有事情就躲着，没事情就出来挑毛病，这是哪个路子的老板！"

"我们集体辞职吧。"

……

明珠突然笑出来。

她感动于无论环境如何恶劣,还是有真心相对的同事,可见,成年人的世界里也有真情,并非只有利益。

可是,真的辞职吗?

首先,她没有做错,不会辞职。其次,她还等着今年的业绩出来后,升职加薪呢,否则,母亲和弟弟谁来养?

明珠安慰大家:"也许她只是一时有心结,慢慢想通了,没有人想要她的位置,大家不过各尽其职罢了,也就安宁了。"

一天,沈妍叫明珠去阳台喝咖啡。

在阳台上,沈妍提起最近同学聚会上发生的一件事情。

她的一位3年未见的同学得知她在 ME 上班,于是热切地和她套近乎,看有无合适机会跳到国际平台 ME 工作。

"我们老板据说之前就在 ME 工作,还是总监级别呢,后来创立了这家公司,不过,她平时很少来办公室。"

"叫什么名字?说不准我认识?"沈妍顺嘴一问。

不承想,这一问,获得了一个重大发现。

只听她同学说:"王明娜,不过平时我们都叫她 Mindy 总,她好像一直用英文名。"

沈妍立刻坐直了身子:"你们老板叫王明娜?女的吧? 38岁?是不是?"

"是的,你果然认识呀,听说,当时她在 ME 做了很多经典案例。"

沈妍稍一联想,已经猜得七七八八,她打哈哈:"只是听说过而已,并不直接认识。"

她又问:"你们公司叫什么名字来着?"

对方回答她:"创世之意。"

沈妍用心记下来,又打听到办公地址,才结束了话题。

明珠也吃了一惊:"怪不得很少在办公室,总说自己去见客户。"

沈妍恶毒地提议:"不如以彼之道还施彼身。"

明珠想了想,觉得事情还不够完备:"如果约翰张并不认为事情很过分,我们也没有办法,还是要找出一招致命的点来。"

两个人坐在阳台上讨论了1个小时,终于想出了突破的点,决定分头行动。

一天,沈妍约她那位想要跳槽的同学吃饭。

吃饭间隙,她闲闲提起:"其实,公司的名气大小在我们这行并不重要,重要的是服务的客户是否够重量级,对了,你们公司主要服务哪些客户呢?"

沈妍终于听到关键信息,对方提到了"EE集团",沈妍感觉自己浑身的血液都要沸腾起来了。

她按捺住自己,又问:"今年4月份我们还参加他们的竞标来着,不过是其他部门参加的,不知道最后结果如何。"

对方又说:"那个标我们也参加了,虽然最后没有成功,但是,我们也是从那个时候入了他们库,并成为他们的设计供应商。"

沈妍一颗心提到了嗓子眼,她喝一口水、吃一口菜,终于平静下来。

这天晚上,她在电话里激动地向明珠邀功:"你说我,是不是有当商业情报间谍的潜质。"

明珠立刻送上大帽子："简直就是天才,在 ME 做公关,简直浪费了你的聪明才智。"

两个人笑起来。

明珠也分享自己的战果："这一周我记下了她在公司的所有时间,你知道吗？真正可怕之处在于我发现,她平均每天只在公司待 3 个多小时。"

沈妍恶狠狠地说："这种人实在没有一点职业操守,用公司的资源来给自己公司输血,还靠压榨下属来保住自己的职位,太恶心。"

明珠说："我已具备 80% 的把握,来说服约翰张对她下手。"

沈妍一天都不想在办公室看到王明娜,催促她："那就明天吧,明天去约约翰张。"

明珠又动了恻隐之心："不如再等几天,看看她反应,她要是突然醒悟,我们或许不用做得这么绝。"

"你就是太过善良,否则,以你的能力,早应该坐到她的位置上了。"沈妍恨铁不成钢。

两人又说了点女生间的闲话,挂了电话。

但是,王明娜变本加厉,她不仅开始事无巨细地直接管理团队,甚至连每个季度的汇报会议都不让明珠参与。

再过两周,一件事终于让明珠决定撕破脸。

那天,王明娜叫明珠去她办公室。

明珠注意到王明娜穿了轻粉色的套装,让她整个人都显得柔和了一些，明珠以为她受到了爱的滋养，开始对世界温柔相待，她以为这是一个和平的谈话。

但是，她幼稚了。

她听见王明娜说："明珠，每个老板都有每个老板用人的方式，何辰佑有何辰佑的方式，我有我的方式，何辰佑认可的人我未必认可，作为一个团队的带头人，我一定会物色更适合我的人，所以，一定要加油哈。"

明珠保持了一贯的忍让姿态，冷静地说："您觉得我哪里配合得不好，我可以改正来配合您的。"

王明娜摆出一贯的嚣张气焰："我认为一个聪明的职场人要懂得自学成才，不要什么都来问老板。第一，老板不是你妈；第二，老板不是你的老师，你也没有给老板交学费，老板为什么要教你？明珠啊，你连这点道理都不懂就真的让我太失望了！"

明珠憋住心头一股气，将忍功升级，又问："我是真心想要和您学习的。"

接下来，王明娜给明珠上了一堂至关重要的社会黑暗面课程。

她是这样说的："既然你悟性这么差，我不妨把话说清楚一点，这样……我一个亲戚的孩子英文特别差，她在复读，所有科目都很好，就是英语始终过不了关，所以很想找一个英文好的人来补习一下……你知道吧？"

这番话踩到了她的底线，明珠在刹那间决定发动这场战争。

明珠一张脸顷刻间黑掉，但她保持着平静的语气说："如果需要我推荐英文补习机构,我可以帮忙打听的,其他的事情,爱莫能助了。"

王明娜没有注意到明珠情绪语气的变化,她肆无忌惮地对明珠发起人身攻击:"我猜想你上学时一定是那种书呆子吧……"

明珠没有等她把话说完,抢白她:"对的,我就是那种书呆子,不过书呆子有书呆子的好,懂规则,讲界限,绝对不会利用职务之便为自己谋取私人利益,在其位不谋其职,还诋毁下属、压榨下属。"

王明娜猛地抬起头来,怒目圆睁、面目狰狞地从牙缝里挤出一句话:"明珠,让我提醒你,早点找工作吧。"

明珠斩钉截铁地回复她:"我也提醒您,该见见猎头了,毕竟,这家公司我待得比较久,我要适应的是这个公司,不是适应某个老板,你如果不信这一点,咱们可以走着瞧。"

说完后,她转身就走,留下满脸错愕的王明娜。

走出办公室的那一刻,明珠感到所有小伙伴都在向她投来温暖和支持的目光。

战争已经打响,这一次,她要用上全部的力气。

明珠想起初中二年级的时候,她转学到新的学校,因为不肯向"校霸"女同学低头,招来数个同谋女生长期背后诋毁,直到那个女同学高中三年级转学,明珠才长长呼出一口气。

明珠感到体内的那个小女孩一直在哆嗦,但是那个长大了的她最终站了出来,对那个一直藏在角落里的小女孩说:"别怕,我会保护你,这一次,我不会让你受欺负。"

重压之下，她突然开始直面那个脆弱的自己。

她看见一个柔弱的小女孩一脸苍白地蹲在角落里哭，上去安抚对方，对方用惊恐的眼神看着她，一句话都说不出来，好似有人在掐着她的喉咙。

明珠走过去，将小女孩紧紧抱在怀里。

明珠说：今时今日，我要为你出头，不为别的，单是要你面对现实，躲避是没有用的，人们敬畏的是力量。

第二天，王明娜开始管理组内所有事项，并且全天时间投入会议，但明确表示，明珠不能参加。

明珠原本就不打算参加，她要做一件重要的事情。

沈妍也想拒绝参加会议，但被明珠制止了，万一事情发展超出预期，也可以有转圜的余地。

明珠在微信上约约翰张面谈，约翰张一口答应下来。

明珠做事一向沉稳，约翰张知道，明珠越级找他，一定是有无法解决的事。

那一天，明珠特意化了淡妆，把平日里扎起来的马尾放了下来，露出一个美女的神态来。

她告诉自己："无论如何，这一次，你一定要赢。"

明珠用客观的口吻和盘托出整件事情的原委，又将王明娜在外面开公司，并且利用职务之便向自己公司输送资源的事情讲出来，配以王明娜每天在公司上下班的时间记录，王明娜公司的照片和入库EE集团的图片资料，整个汇报有理有据、客观理性。

约翰张本来以为今天他要调和的不过是两个女子的职场争

端，但是听到后半段，突然意识到事情的严重性，这已然涉及了公司的利益，违反了公司的章程，事件性质彻底升级，看来，需要花些时间、精力来处理。

约翰张表示自己一定会彻查整件事情，明珠点点头，退了出去。

今日，她迈出了人生重要的一步。

她开始为了保护自己而战斗。她终于有力量为自己说话。

恍惚中，明珠终于看见那个被逼到墙角躲避乱箭的小女孩拥有了力量，她站起来，勇敢地迎着人们的目光迈出了一大步。

还没有到下班时间，但她的工作已被叫停，她索性下班，决定去媒体人聚集的 W 酒吧喝一杯。

她要为自己干杯。

一个奇怪的声音

姜还是老的辣，约翰张决定接手整件事情，参与到两大美女的对峙中。

当然，结果怎么样，完全取决于他对整件事情的定性。

他身为两大美女的直接上司，参与进来名正言顺。

但事情该如何定性，也让他颇为头疼。一位是总监级别，直接带着3个组，虽然来公司不到1年，但业绩也是过关的，和各位高层的关系也不错；另一位虽然是经理级别的，但已经来公司5年，工作能力和人品有目共睹，后期潜力更值得期待，无论支持哪一个都不是理所当然的选择。

约翰张靠在那张价值不菲的摇椅上闭目养神，他的大脑丝毫没有停下来，半个小时后，他有了主意。

约翰张是这样做的，他在组内组织了一次没有万明珠和王明娜在场的小组访谈，这个举动有人力资源部的总监陪同在侧，并且有人做了专业的访谈记录。

访谈结果可想而知，众人忍了太久，简直是众口铄金，王明娜百口莫辩。

约翰张指示人力资源总监将整件事情的来龙去脉,以及访谈结果在第一时间写成书面报告发给中国区管理层。

这是一段被给予了特写镜头的时期,时间过得无比缓慢,至少在ME公关三组的12个人眼里是这样的。

万明珠和王明娜各怀心思,表面上看,风平浪静,实际上,压力山大。

王明娜早已得知事情的前因后果,她后悔自己看走了眼,竟然亲手培养了一个对手出来!

原来那个低眉顺眼的女孩子本质上却是一只可怕的狮子!

她不是没有见过这样的人,平日里比谁都好脾气,好像永远是一个微笑着的洋娃娃,一旦发怒,基本是一发不可收拾!

王明娜意识到这是一场"你死我活"的战斗,她和万明珠谁也别想全身而退,事情的结局一定是"成王败寇"。

王明娜牙关一咬,下了狠心:一定要拼尽死力将明珠踢出去!

明珠的角度却是另外一番。

她给自己鼓劲:明珠,今天以后,想要得到什么,你也要去要,要去抢!总之,绝不能坐以待毙!明珠,你可以的,大家都是人,为什么你非要让,非要给,非要忍!

明珠不知道为什么,活了29年,仿佛在这一刻,她才彻底听清心底的声音,明珠惆怅地问自己:以前你为什么不说话?导致做所有事情都听别人指挥?

明珠听见心底那个声音说:不不不,我一直都在说,可你从来不愿意听。

明珠顿住，被这个声音吓了一大跳。

她不由自主发问：你是谁？

那个声音回复她：我就是你，你就是我，只是，你从未看见我。

明珠惊慌：我怎么会看不见你？

那个声音委屈地说：你一直都否定我、质疑我、看轻我、忽略我，但还好，今天你终于听见我说话了。

明珠的眼泪瞬间大颗大颗掉下来，她意识到，这个声音就是她一直以来丢失了的自己！

长久以来，她像木偶人一样听社会的话、听学校的话、听家长的话、听老板的话，好像真理全部掌握在他们的手中，她唯独不听自己的话。

原来，她才是对自己最残忍的那个人！

明珠对自己发誓，这一次她一定要赢！她要完完全全地为自己赢！

大中华区的5个高管在看到人力资源总监发来的邮件时，想法各异，但在一点上不约而同地达成了共识，他们认为这是约翰张分管的事，无论自己怎么想，都并不重要，也不打算为此劳心，听候约翰张自己发落。

约翰张成为掌握"生死大权"的人。

约翰张会伸张正义、主持公道吗？也许。

但约翰张还是一个生意人，对错重要吗？当然重要，但比对错更重要的东西太多了，比如利益。

公司刚刚打入金融圈，服务了一个重量级的金融机构，而且是年度客户，这个功劳得算在王明娜头上，虽然最近的一个竞标失利，但成败乃兵家常事，并不能掩盖功劳。但她的问题是，她过于势利，向下管理的能力太差了，如果没有人愿意支持她，就证明她的领导力有问题。

而明珠恰恰相反，她在组内得人心，能力强、人品好、能服众，但是她年纪轻，职业成熟度和自信心远远不比王明娜，想要担大任，心智还得磨炼，还需要成长。

约翰张感到一丝犹豫，市面的经济每况愈下，ME已经连续两年业绩下滑。年初，管理层根据形势做出战略性决定，今年的业务重心是开拓金融客户。

王明娜在这方面的人脉资源还是不错的，在没有人能接替这个位置前，开除王明娜于业务是一大损失。

当然，职业操守也是非常重要的。

想到这里，他只能先做一个万全之策，一边命人去市面上寻找能立刻取代王明娜的候选人，一边将事情的处理速度减缓下来。

王明娜本来以为自己凶多吉少，但一看约翰张开始观望，马上觉得事情有了转圜余地。她找准时机，又去约翰张办公室哭了几次。当然，除了动之以情，老练的她还晓之以理。

她起草了一份详细的工作计划书，上面清清楚楚地列出了即将开拓的客户，以及能够拿到的订单金额。

如果这个计划书有真正的执行力,那今年的业绩就可以保住了,约翰张站在窗前,一边喝咖啡一边思忖,转念间又想起明珠和她的那群忠诚的支持者。

他想,不急,等一等吧,看看虚实。

看到约翰张突然没有动静,明珠也开始火急火燎。

这一年多的磨炼,她好像突然之间对职场生活开窍,大概猜出了七八分意思。

在一个夜不能寐的晚上,她做了一个大胆的决定。

第二天清晨,她带着黑眼圈向周天发出一个吃饭的邀约。

不出意料,周天答应下来。

但是,明珠却陷入了复杂的自我厌恶情绪中,怎么都无法自圆其说。

我是不是利欲熏心而不择手段了?

明珠清晰地听见心底的批判声音,长久以来,她一直在用一种严苛的道德标准衡量着自己。

明珠眉头紧锁,走到阳台透气,意外看见沈妍,如获救星。

她需要另一个声音来肯定她,支持她。

明珠三言两语说出心底矛盾。

沈妍疑惑地说:"不过是借助认识的熟人帮忙,这不是天底下最正常的事?你想得这么复杂,难道以为自己生活在桃花源里的真空地带?"

"可是,我不想利用男女情感。"

沈妍笑起来,她诧异成年人的世界里还有这么思想纯洁的人:"求助是人类本能,你希望熟人帮忙,和利用男女感情没有任何关系,再说了,你根本不是那个段数的。"

明珠突然失笑:"喂,沈妍,你为啥这么看不起我。"

沈妍的电话响了起来,她一边接电话,一边瞥了她一眼:"瞧你那点德行。"

沈妍匆忙下了阳台,明珠一个人坐着静静发呆。

这是一个天高云淡的初秋午后,阳光和煦地洒在人身上,让人周身舒畅,有种岁月静好的温柔氛围。

明珠开始和心底的另一个声音对话:我知道你不同意我今天的做法,但是,请恕我直言,我也同意沈妍的观点,一直以来,你的道德感貌似有些超出正常范围。

那个声音说:你也许是对的,但是我也不知道为什么会这样。

明珠托着腮帮陷入沉思。

明珠突然想起很久远的事,那时她还是个孩子。

她经常听到母亲扯着嗓子问他们:"你说,这件事情你是不是错了?"

明珠想起,这句话几乎贯穿了她的整个青少年时期,直至她离开县城去大城市上大学。

记忆中,父亲、弟弟和她好像做什么都是错的,而母亲好像做什么都是对的。强势的母亲几乎掌握了家里的一切话语权,也掌握了所有判断事情的标准,这让他们经常陷入自我怀疑。

电光火石间,明珠突然明白了。

她在躲避阳光直射的某个瞬间,突然与真相接轨。

她看见自己变成了另一个"母亲",执着地判定着一切事情"对错"的母亲,并且坚定地做着自己的差评师和监督官。

明珠甚至觉得,她是为了讨好母亲而变成了另一个"母亲"。

自小,作为家里的女孩子,她都是"透明人"。

母亲在潜意识里认为,明珠是生活塞给她的一个讨厌的负担。

她觉得给她饭吃,给她衣穿,供她上学,已经是仁至义尽。她竭尽全力地把所有的资源给她唯一的宝贵儿子,并且想要培养他成才,送他到另一个阶层生活。

明珠心里的另一个声音开始说话:是母亲一直以来的视而不见,让她自己学会了对自己的声音视而不见,是母亲认定她的出生带着某种"原罪",以至于她也这么看自己。

也因此,她极力地想要做一个"正确"的人,也才有了强烈的"是非道德观"。

明珠悲哀地想,一直以来,她做事都有着绝对的"对错"观,而这"对错"的标准开始是来自母亲,后来来自学校,再后来来自社会,而她唯独从未问过自己的真正意见。

明珠试着用自己的眼光解读整件事情。

她遇到了困境,向一个熟人求助,而这个熟人恰好是自己喜欢的人,事情就是这么简单,为何非要套到一个"依靠女性身份向男性获取资源"这样的俗鄙叙事体系里?因为这是广为流传的大众叙事体系?

说到底,是她害怕大众目光。她以为她在做正确的事情,其实是她在乎别人怎么看她,因而放弃了自我。

明珠深深地怜悯自己。

是自己的软弱伤害了自己,也是自己的卑微感让她差点"杀害"了自己,而成为一个大众道德体系里塑造出来的人,一个僵化的、丧失了活力的人。

这个发现让明珠战栗不已,浑身血液为之凝固。

太可怕了,她差点成为自己的刽子手。

再次看见气宇轩昂的周天,明珠仍然禁不住屏息凝神。

她话很少,因为面对喜欢的人,神经不能放松,担心说多错多。

但她天生并不擅长步步为营、声东击西,然后以九曲回肠绕指柔的方式导向一个让人无法拒绝的需求。传说中,美女客户经理都是这样达成每单生意的。

明珠为自己的鲁笨而担忧。

但是,她已经开始听到另一个声音:"明珠,你就是你,做自己就可以,用你自己的方式来,做你自己并不比做别人差的。"

这个声音的出现让明珠浑身为之一震,这是来自她自己的鼓励,是前所未有的鼓励。

明珠以诚恳的方式和盘托出此行目的,末了,又说出此刻的心情:"周天,我一向不太习惯于求人,尤其是要求你,但是,做我们这行的,要想在职业上继续发展,这也是我要学习的,所以,这一次鼓足勇气来了。"

周天看出她的紧张，立刻安慰她："生活在这个世界上，每一个人都需要别人助力，谁都不是孤岛。"

明珠僵硬的身体立刻微微松弛，她又听见周天说："明珠，如果能帮忙，我是一定会尽力的……"

明珠心一沉，等着那句"但是"。

果不其然，周天继续说下去："但是，我属于业务部，你们这个业务我们公司是有的，我总不好去参与市场部的事情……"

明珠已经会意，只等着如何收场，但她又意外听到周天说："不过呢，我有个高中同学就在 IU 人工智能公司工作，他好像在那里负责市场部的全部工作，我倒是可以介绍给你认识。"

明珠面孔瞬间舒展开来，脸色微微泛红，她没想到会有这样的收获。

这顿饭给了明珠无限信心。

明珠觉得短短数日，在极大的职场挑战逼迫下，她焕发新生，找到自己，那个仍然停留在青少年时期一直未曾长大的自己突然自角落站起来，开始学会面对现实。

明珠真心感激周天。

也是老天有意成全她。

接下来的事情意外地顺利，明珠在见过 IU 的市场部负责人后，自那栋时尚的大楼里走出来，她四下观望了一下，发现没有什么熟人，于是直接从地上一跃而起，高跟鞋被甩出去老远。大厦保安有幸看见此情此景，只觉这女孩是不是失心疯。

但是，管不了那么多了！好像只有飞起来才能准确表达她的心情。

没有想到事情就这样迎刃而解了！

事实上，那个晚上，周天在和明珠吃过饭以后，他就给自己上周才见过的老同学周清扬发了一个信息。他一边发信息一边想，事情赶得好巧，如果不是上周高中同学聚会，还真不知道他们公司投资了周清扬他们公司呢。

周清扬在收到周天的微信时，立刻热情地答应下来。他是个聪明人，周天目前是私募行业的一颗冉冉升起的新星，前途无量，他正猜测着怎么能顺其自然、不那么刻意地拉近关系，机会就来了。

一个月之后，就在王明娜抱怨关键时刻平时喂养的白眼狼没有一个能派上用场的时候，明珠激动地给约翰张发了一封邮件，那封邮件最关键的地方在于它的附件，那是一封来自 IU 年会承办方的合同书，价值 120 万元，这是一个良好的开端。

收到邮件的时候，约翰张刚刚和一个客户吃完午饭，回到办公室的时候已有困意，但还是决定先把上午没有回复的邮件先一一处理。

他心不在焉、意兴阑珊地点开明珠的邮件，但是读完第一行字就微微坐直了身子。

"后生可畏啊。"约翰张想，看着是一个柔弱乖顺的小女生，做起事来还真是手起刀落。

事情很快有了结果，公司赔了一笔钱给王明娜，宣告了她的出局。

王明娜在走出人力资源办公室后的那一刻，身子一软，脚下踉跄了一下，但她马上站直了，抬起头来，带着努力维持的尊严走进了自己的办公室。

这个踉跄是她整个职业生涯的写照，从此，要进入低谷了。

她不是不想反抗，但是没有任何理由反抗。

职场是最公平的，大家凭着实力出来做事，败了就是败了，她再蛮横，这点道理也是晓得的。

是她学艺不精吗？是她人情不够练达吗？也许，都不是。

职场是势利的，但也如同人生，总体是公平的。一个人可以凭着运气和手艺一时走得顺，但长远来看，想要走得远，还是得靠人品，也就是做人的水平。

王明娜的那个踉跄却无意中被从茶水间出来的明珠看到了。

有那么一瞬间，明珠是有点得意忘形的，打赢仗的她感到前所未有的胜利的快感。

有什么比看到敌人颓败的样子更让人神清气爽呢！

但这个美好的感受仅仅维持了不到 3 个小时，她就开始物伤其类。

今天，她能靠着极好的运气、过硬的实力以及年轻的红利清除职业上的障碍，明天，她又何尝不会成为别人上升通道里的路障？

明珠抬头环顾身处的环境，这是一家装修现代、有品位、有格局的国际公司，这种摩登的外企氛围也让身处其中的每个人感到骄傲自豪，并且力争上游，让自己配得上它的身份。

今时今日，她在职场危机中成功留了下来，可是，很难保证有一天面对同样的困境依然能够化危为安。

职场上有常胜将军吗？大抵上和人生一样，也许有，但都属于凤毛麟角，神话级别了。

明珠想，如果有一天我要从这里走出去，一定要昂首挺胸，要所有人都羡慕我，而非可怜我；要所有人都祝福我，而不是暗恨我。

她就此给自己立下了目标，一定要成功。

08 30 岁的惶恐

新年一过，明珠已经 30 岁了，是三字头的第一年。

回到家，亲戚朋友一见面都要说一声："明珠，有没有男朋友？不要挑花了眼。"

母亲也开始催她结婚。

明珠感觉好笑，母亲一向只管伸手问她要钱，现在又多一项任务——催她结婚。难道没有想过，想要结婚和想要多赚钱这两件事本来就互相矛盾？

但她转念就忘记了这件事，因为她发现发生在家庭里的事情大部分都没有什么自洽的逻辑，多想只能徒增烦恼。

比如，她要煮一碗粥喝，母亲会马上走过来阻止她："你哪里会做这些事情，你还是做你擅长的事情吧。"

母亲嘴里所谓擅长的事情是指"好好学习"这件事。

明珠记得从小到大，每次她拿了第一名回到家，受到邻居、亲朋好友表扬，母亲都会说一句："她只会学习，其他什么都不会。"

这个定义，在很长时间里，也是明珠对自己的定义。

可是，事实上，她不仅会非常熟练地煮一碗可口的粥，现在还是厨艺高手。

但母亲对她的认识永远停留在小时候。

明珠借着这件事情想得更加远一点，她想，真可怕，母亲对子女的看法真的会成为子女的命运，像是画地为牢，虽然已经长大成人，却无法超越和挣脱，除非一个人可以借着教育、经历等契机超越原生家庭对自己的定义。

与此同时，像是看清了自身的命运一样，她突然看清了另一个人的命运，那就是她的弟弟。

父母重男轻女，儿子和女儿在家里拥有完全不同的命运。

父母视儿子为家里的"小皇帝"，仿佛一家人从小到大的生存使命就是要让弟弟过上好日子。

明珠仍然记得母亲经常挂在嘴边的一句话："你千万要记得，我不需要你来赡养，但是，你一定要让你弟弟过上好日子，因为这是我这辈子最大的心愿，你如果有孝心，就好好待你弟弟。"

明珠觉得自己是带着天赋的使命出生的，不是为了自己活，而是为了另一个人的好日子而活。但那个时候，明珠认为是理所当然的，幼小的她以为，母亲就是"天"，母亲说的一切、做的一切都是真理。

明珠从小到大，都感动于母爱的伟大，直至有一天突然心生疑问："我见过母爱，但是好像从未拥有过。"

明珠出生在四线小城市，父母都是工厂的普通工人，原本靠着父母的工资生活，一家四口的日子也算安稳，但是父亲在她 12 岁时因车祸去世。明珠常常想起小时候的快乐时光，每到夏天，妈妈都会给她和弟弟买新衣服、新凉鞋，那简直就是她生命中的黄金时光。

坏日子是从母亲决心要把儿子送到另一个阶层里去开始的。

父亲和母亲开始吵架，家里开始缺钱，日子开始难挨。后来，父母天人永隔，争吵没有了，但是，更大的问题开始出现了。

母亲让弟弟上昂贵的私立学校，再后来，因为弟弟成绩不好，又四处求人，让弟弟去上天价的足球学校，准备培养他当运动员。

好像从那个时候起，明珠再也没有买过新裙子，她一年四季穿着旧衣服，衣服合身已经成为最大的惊喜。更让她灰心的是，连她的学费都开始拖欠。

可是，让人吃惊的是，生活简单粗暴、充满讽刺意味的真相。

她在学校顶着"贫困生"的头衔，却铆足了劲要争口气，德智体美劳全面发展，最终麻雀变凤凰，考上理想的大学。

弟弟吃穿用度都符合"另一个阶层"的标准，但却连一个像样的大学都考不上，最终，又是靠母亲四处求人，花了一大笔钱去读职业学校。

明珠有时候想，弟弟又未尝不是母亲"画地为牢"的一种牺牲品。

从小到大，他的人生都是被规划了的，他像一个傀儡一样，只是被动地接受了一切安排。他从来没有参与过自己人生的规划,也没有主动争取和创造过什么,他甚至不知道他的未来要怎么过。

30岁的开年,明珠好像突然看见了自己的命运。

这个"看见"让她对家庭充满了复杂的感情,又爱又恨,又怨又怜,这也让她在面对家庭时,内心充满了天人交战的矛盾和纠结。

明珠只想逃避。

在家待足一周,她马上返回北京。

她想她"回不去"了,回不去就代表着她从此没有了家,她找不到来时的路了,平生第一次,明珠感到彻骨的孤单。

回到北京的半个月里,明珠经常会半夜惊醒,忍不住叹气;闭上眼睛就会做一个同样的梦,她梦见自己住在一个四面是海的孤岛上,没有救援的船,更没有其他人类,好像全世界只剩下了她一个人。

明珠每次从梦中惊醒都浑身冰凉,那种心底发寒的感觉让她感到恐惧不已。

她想,好像真的孤立无援了。

这个体验,让她生出一个念头:建立自己的家庭。

她想起了那个她中意的人。

30岁的她,在家庭和事业两个维度上,都对自己有了新的要求。

生活从来不像你想象的那么好,也从来不像你想象的那么差。

明珠很快就体会到了这句话的真谛。

自王明娜走后,她几乎已经暂代了王明娜的全部工作,大家都以为她搬进那间装修精美、视野开阔的办公室只是时间的问题。

明珠不是不心动,她曾经借着查资料的机会在那间开阔的办公室短暂地停留过几个半天。

明珠透过宽大的落地玻璃,看到过这个城市最繁华的夜景,也看到过落日熔金的夕阳如何在城市的地平线上慢慢隐去,像是现代都市的一个神秘的童话。

"为什么人人削尖了脑袋往上爬,因为上面的风景果然好。没有体会过,也许不会生出向往;一旦有所体会,就很难再停止向上攀爬的心。"明珠默想。

我会停下来吗?明珠自问。也许,还有更美的风景也值得看看,毕竟人生只有一次。

她对自己说:也许有一日,在攀爬的过程中,我会变得面目全非,但一定会是好的,是焕发新生,而不是堕落疲惫。

但是,事情没有想象的那么顺利。

开年的春天,公司给明珠升了职位,但只是由高级经理升到了副总监,并没有直接给她总监的职位。

也许是期望太大,明珠的失望之情溢于言表,一向情绪控制能力极强的她涵养功夫尽失。

几个月来,她变得自信,变得坚定,变得开朗乐观,都得益于这个想象中的位置。

这个位置的丢失,好像又一次把她打回原形,自我突然无限压缩，又变成那个游移不定、左右张望的小女孩。

约翰张是这样安慰她的："明珠，你在 ME 工作 7 年，已经在这样一家国际公司做到副总监的职位，客观地看，职业上非常顺利了。只要你肯努力，一直证明你自己，总监的职位迟早是你的……你可以看看你的前老板们，他们做到这个位置花了多长时间呢，我是很看好你的。"

明珠机械地表达感谢，退了出来。

那天晚上，她坐在阳台上沉思，心底的那个声音又出现了：为什么突然变得贪得无厌？曾经，你最大的奢望不过是能年底加薪 15%，现在你的薪水已经翻了两倍。

明珠说：因为我干着总监的活儿，拿着副总监的工资，总觉得不公平。

心底的声音：明珠，你自来到 ME，每年都升职，已经非常幸运。

明珠：可是，我想要的更多。

心底的声音：我们的愿望是一回事，真实的情况是另外一回事，请面对现实。

明珠终于低头，她承认：谢谢你提醒我，是我要的太多了。

心底的声音：请相信一切付出都会得到回报，你的经验已经证明了这一点。

明珠感恩地说：谢谢你，我内心已经平衡，一定继续努力，突破自身局限。

心底的声音：我看好你，请务必多相信你自己。

近日来的心结就在这样的对话中消失，明珠发现自从开始和自己做朋友，她已经学会了相信自己的判断，坚持自己的意见，安慰自己的情绪。

"明珠，我总觉得你好像变成了另外一个人。"笑笑不止一次这样和她说。

"我也这么认为。"

"那是因为什么？"

"因为我开始重新认识自己。"

笑笑"切"一声，她以为明珠又要给她灌输"心灵鸡汤"，赶紧制止她："好了好了，我今天早上真的喝过鸡汤了。"

此时此刻，明珠内心不由得感慨：媒介的发达给人类制造了如此多的信息，以至于大量珍贵的信息都被人们当作了心灵鸡汤忽略掉，而不能认识到这些信息真正的价值。

比如，她最近也和公司的同事分享过一个很重要的个人成长工具，是她自己根据个人经验发明出来的，就是每天记录一篇她取名为"连接真实的自我"的心理日记，确切地说，这个日记已经帮助她看见了真实的自己，并且对自我有了更加深刻的理解，实现了真正的成长。但是，分享出去以后，大部分人也只当是心灵鸡汤。

升职以后，明珠很快接下烫手的竞标项目。

安匠要拍一个广告片，预算400万元，这个案子成为公司本季度重中之重。首先，公司刚进军金融领域，想要凭借这个片子在金融企业中建立口碑，开拓市场；其次，安匠与公司已经合作半年，这个案子能否成功接下来，也影响着安匠是否愿意成为公司的年度客户，这才是公司最关注的商机。

管理层直接在会议上强调了这个案子的重要性，约翰张也表达了势在必得的态度。但真正的压力，落在了明珠和她的团队身上，因为安匠之前归王明娜的团队负责，现在明珠接手，也算理所当然。

"压力就是动力，困难代表着机会。"约翰张坐在那张宽大的办公桌后面，郑重其事地给明珠鼓劲儿，明珠只得点点头表示领情。

压力之下，她开始一心扑在策略和创意上，团队的人立刻投入紧张的工作中。

一周后，3个方案提交上来，她看过后，更是压力山大，因为创意实在过于普通，只得让大家继续另辟蹊径。

该怎么办呢？明珠苦思冥想，寻找突破口。

一天傍晚，明珠回到家，踢掉高跟鞋，趴在沙发上养心安神，疲累让她连晚饭也几乎要忘记吃。

电话响了起来。

一位相熟的大报著名记者苏宁找她，明珠记起苏宁喜欢抽烟、喝小酒，大概是职业原因，看起来精明、敏捷、老练，像一只鹰，典型现代独立女性做派。

"明珠，有一事相求，可否出来喝一杯？"

这个提议很得明珠心意，数日来，她的神经时时紧绷，急需放松。

一个小时后，明珠和苏宁在一间放着爵士乐的小酒吧碰面。

明珠看见苏宁穿着浅金色丝绒连衣裙，面容清爽，一对椭圆的环形金色大耳环完美衬托了她的下颌线，长发在脑后低低地束起来，整个人显得优雅干练。

"大美女，恭喜升职了。"苏宁先来一句。

"这你都知道，真不愧是大记者。"明珠吃惊于消息的传播速度。

"约翰张这么挺你，这种老板真不错，圈内都羡慕呢。"

明珠不由自主挺直身子，这话有深意，让她无端生出厌恶，流言多半不是好事。

"约翰张是老板，老板主持公道，那是天经地义。"

"哈哈哈，明珠，数月不见，你真变了。"

苏宁转身仔细看着她的眉目，她发现自己对明珠的印象还停留在几年前的一次新闻发布会上。

苏宁想起，那时她作为受邀记者去参会，到了会场，远远看见一个女孩低着头在旁边被老板数落。让人吃惊的是，她竟然一句反抗的话都没有，等到老板稍有缓和，便跑去干活儿，一会儿又被召唤回来挨骂，等老板稍有松懈，又跑去干活儿，来来回回足足有5个回合，那种感觉让人恍惚回到地主和农奴的旧社会。

苏宁开始是诧异现代社会还有年轻人这么能忍，看完整个回合，又突然觉得这女孩有意思，表面看起来逆来顺受、温顺乖巧，但骨子里有一种坚韧的执拗。

但今天看明珠，突然觉得她清秀的眉目中开始有成熟的气息，锋芒微露。大概是瘦了，整张脸显得棱角分明，多了一种不好惹的神色。

苏宁一向心直口快，又加一句："变厉害了。"

明珠突然失笑,说:"人家都说女强人大都凶巴巴,我估计正往那条路上奔走。"

"要是又美又凶又能干,那又是一种独特性格,可以另当别论。"苏宁机智如常,轻松调侃道。

两人碰一下杯,喝一口威士忌,又借着酒劲聊起最近媒体圈和公关圈八卦,兴奋中带着点好奇,时而又无所顾忌地哈哈大笑,好不畅快。

时代给予女性的权利越来越多,像她们,有自己的一片天地,可以任意驰骋,男性能体会到的厮杀搏斗乐趣,她们也一样能体会。

"最近感情有没有动向?"苏宁问。

两个女人在一起,怎么可能不聊感情问题?那和男人聚在一起喝大酒有啥区别。

明珠叹一口气,这几乎是她的死穴:"我的感情就没有顺利过,乏善可陈,不如讲讲你。"

"不顺利是因为要求太多,有句歌词叫什么来着,'如果对于明天没有要求,牵牵手就像旅游'……"

"真羡慕你,是真正的潇洒。"明珠由衷地说。

苏宁是不婚主义者,她的至理名言是:我的生命的每一分每一秒都要完完全全属于我。

"不,你不羡慕;要是你羡慕,你完全可以做我的,why not?"苏宁瞥眼看她,带着几分诘笑。"有时候想不通,现代女性,凡事都靠自己,吃喝拉撒睡、玩耍、生老病死,都自己对自己负责,为什么非要拉一个人组成家庭?一旦组成小小社会组织，便都是奉献，要生娃、养娃、照顾男人衣食住行，好伟大的自我牺牲。"

"是啊，男人可以一心探索世界，开发自我，成立家庭后有人生娃、做饭、洗衣，全是好处，但女人就不行，说什么性别平等的鬼话。"明珠顺着说下去。

苏宁突然笑起来："这不是想通了吗？我最近最大的造化是不是点化了你？"

明珠不做回答，一口威士忌下肚，觉得身心都要荡漾起来。

她想，怎么可能，我的心上可是深深地挂着一个男人呢。我期望时时挂住他的脖子，和他谈情说爱、游山玩水、生儿育女、白头偕老，甚至事事以他为重。

夜越来越深，女人的闲话真多，她们终于说到正事。

事情是这样的。

苏宁的一个朋友雷奥关是某个跨国公司的高层，他最近有可能接任某个跨国快消品公司的中国区总裁，在这个众目睽睽的节骨眼上，他发现网上关于他本人的帖子充满了负能量，什么桃色新闻、投资老赖之类。

苏宁问明珠："能不能删帖？"

"当然可以，这是公关公司不言自明的业务，没有什么太大难度。"

"难度在于，雷奥关不想让人知道这件事，哪怕是执行的人。"

"所以你来找我了。"明珠会意，"没问题，我来处理。"

苏宁感激地伸过酒杯来碰杯,事情就这样办妥了。

可见,出来做事,人脉有多关键,在甲那里是一个大难题,在乙那里不过举手之劳。

第2天上班,明珠找媒体经理张丽惠一起吃午饭,了解了全部技术难度。

一顿饭快吃完的时候,她已经做出了决定,她要私底下请张丽惠来帮忙,重点是要求张丽惠要保守秘密,至于费用,她自己出一点成本费用以示感谢。

张丽惠面对老板的这个要求,立刻答应下来。

两个人满意地结束了这顿午餐。

下午的时候,张丽惠在微信上给她传了一份负面信息的清单,她一一点开过目。这一看,突然有了新的顿悟。

这个雷奥关还真不是个简单的人!

他竟然是中银商会的副会长,要知道,中银商会可是国内最有影响力的三个商会之一。

明珠再继续查下去,她发现,安匠的市场部副总裁也是该会的会员。

明珠捂住心口,呼吸变得急促,她又找出了一张他们的共同合影。

一个计划已经在脑中渐渐成形。

当看到那份处理干净的负面清单时,苏宁高兴地在微信上给明珠发了一个大大的红包。

明珠以友情为理由拒绝了红包,又趁热打铁提出了自己的要求:她想请雷奥关吃饭,然后借着雷奥关搭线安匠的市场部副总裁。

明珠笃定地想,我帮了他一个这么大的忙,他举手之劳帮我个忙也理所当然。

她的判断是准确的。

当雷奥关再次在网上输入自己的大名时,他发现除了一些正式的媒体采访,所有负能量信息都消失殆尽。他在网络世界终于恢复了好名誉。

雷奥关高兴地想要好好谢谢苏宁和她的好朋友。

当得知自己可以立刻回馈对方时,他表现出了义不容辞的态度。

就这样,明珠认识了安匠的市场部副总裁郭东明。

郭东明内心虽然对这种请求有些微微烦躁,但是,当这个请求是来自中银商会的副会长雷奥关时,事情又可以另当别论。

换句话说,能帮雷奥关的忙那也是一种荣幸,况且,雷奥关现在步步高升,人红气场旺。

明珠从郭东明那里了解了一些公司策略上的细节信息,以及这次投放广告所关注的方向和倾向的创意风格,非常受用。

第二天,回到办公室,她立刻召开了方案会,布置了新的策略和创意方向,大家都被她自信的举动所打动,多日来颓废的气氛一扫而光,士气十足。

这一件事,也让明珠领悟到很多。

"所谓功夫在诗外,还真是这个道理。"明珠想。

她一直以来都关注方案本身,将每个项目当成一个技术活儿来做,下的是最笨的功夫。可在商场上,所有的事情做到最后无非都是人的事情。

"搞定人,跟对人,才能做对事。"

09 你需要一只香奈儿

竞标的前一日，明珠正忙着检查细节，约翰张突然来喊她喝下午茶。

明珠纳闷，但老板的请求断然不能匆忙拒绝，况且，这个关键时刻，约翰张定然有要事要说。

明珠坐着约翰张的奥迪去喝下午茶，一路上说了些业务上的闲话，心情是放松的。

约翰张却让明珠在一家高级时装店面前下车，明珠极为纳闷。

约翰张说："明珠，有句话叫人靠衣装马靠鞍，你得接受。"

看明珠纳闷，又继续说："我们这行，每天都在讲包装、讲调性、讲格调，不仅是对着方案，人也得把架势做出来。很多时候，你在讲什么，并不比你看起来像什么样更重要。"

以明珠的聪慧，她当然明白约翰张的意思。

明珠说："我懂。"

约翰张带她来到女装部挑衣服，一套套试过去，终于选定了两套，他耐心交代她："这一套适合你明天讲标穿，另一套适合你平时见客户穿，场合不同，风格不同。"

明珠深以为意。

约翰张又教育她："明珠，今时你已不同于往日，虽然还没有升任总监，但你已暂代这个职位，需要的不过是一点时间。在哪个位置要有哪个位置的做派，你说这叫势利也好，这叫肤浅也好，但人们就是这样认识另一个人的，谁都不例外，包括你我。"

明珠点点头，表示领教。

"我知道你喜欢和下属站在一条线上，不分你我，你也不计较分别，这是领导力的一种，但是，带团队还是要建立威信，奖罚分明，机制公平，才能产生效益。你应该是大处着眼，而不是小处着手，凡事亲力亲为，你就不能成为合格的管理者。"

明珠抬起头来，她知道这是金玉良言。

她最近也在思考这个问题，她的下属对她毫无顾忌，甚至请假都只是简单地在微信上打声招呼，做错事也没有太大压力，因为知道她会包容他们。

明珠说："老板，我知道，我会改进管理风格。"

约翰张又提醒她："我知道他们曾经都是你的同盟，可是，今时不同往日，总得从一件事、一个人开始建立规则。"

明珠觉得自己在约翰张面前简直就是透明人，所思所想全被猜中。

结账的时候，约翰张执意要买单，"这是老板对下属的投资，你得用好成绩报答我"。

明珠坚持无效，索性坦然接受约翰张的好意。

路过一层的香奈儿专卖店，明珠大胆向老板请教："请您帮我选一只香奈儿的手袋吧。"

约翰张点点头，同时鼓励下属："明珠，作为普通人，有时候我们就是不能免俗，得靠着外力在关键时刻支撑自信心。说白了，一个包有时候也是一个武器。"

明珠点点头，深信不疑。

约翰张热情地帮明珠选了一款经典的 Classic Flap 黑金香奈儿，并且耐心解释："香奈儿所有包中属 CF 最难，一个包包有 108 道工序，在 1955 年人力成本已经很高的年代采用纯手工打造。面料是欧洲优质的羊羔皮革，比鱼子酱更加柔软细腻。五金油亮光洁，厚薄均匀，有极强的工艺支持。并且 CF 有很多复杂的工序，每一个棱格和每一针走线都尽显精湛的水准。是最能代表香奈儿品牌形象和工艺水平的包包。双 C 造型锁，是 Karl 老爷子接手 Chanel 所设计的款式，并非 Chanel 设计的最初造型。"

明珠疑惑地问："老板，你为什么对女士包袋的研究这么深入？"

约翰张带着老父亲一样的笑容回答她："我对一切好东西都有研究。明珠，做我们这一行，你得有眼光识别好东西，不仅要带眼识人，还要带眼识物，你身上的每一件衣服，你戴的每一个首饰，背的包，和你的身体语言一样，都代表着你自己。你要有意识地去塑造你给别人的印象，一个人如果不能自己塑造自己，那你迟早会被别人塑造，久而久之，就失去了生活的主动权。"

明珠点点头,默默记下老板的教诲。

背着那只黑金色的香奈儿 CF 走出商场,明珠突然觉得,周身的空气也开始芬芳,人们的眼神充满善良,街景变得清晰可见,她从未见过世界如此温柔明亮、善解人意的一面。

约翰张这个老狐狸,洞若观火,看到下属被自己点石成金,知道这是一个人野心的开始,顿时十分满意。

作为老板,他当然喜欢下属在野心的驱动下拼尽全力;作为一个中年男人,他亦欣赏有野心、有活力的女性,只要她们没有超出自己的掌控力。

紧接着,约翰张又教给她一些竞标时的注意事项,以及如何审时度势,明珠认真地一一记在心里。

自这件事起,她对约翰张又翻新认识。

约翰张也许喜欢美女,但那和她喜欢追剧是同一回事。约翰张在工作上的游刃有余她是见识过的,肯这样尽心尽力教导下属,怎么说都是好老板了。

曾几何时,何辰佑也是她心里的理想上司,但从今天的眼光看过去,何辰佑在工作上严苛要求,专业能力一流,但在说服和引导客户方面,缺少必要的技巧和心思。

明珠骇然,就在一年前,她仍觉得他完美无瑕,是无人可比的好老板,仅是一年时间,却觉得他的缺点和优点简直黑白分明,一览无余。

明珠欣慰地发现,一定是她自己成长了,站到了更高远的位置上,于是看清事情的真相。

她为自己的成长感到欣慰。

竞标当天,明珠信心十足,她起了个大早,精心化妆,吃过能量满满的元气早餐,来到现场与约翰张会合。

他们这行受大环境影响最是严重,经济下滑,公司利润下降,每分钱都要花在刀刃上,一个稍有量级的项目放出来,同行蜂拥而上,竞争越演越烈。

明珠发现,这个400万元的案子引来了13家市面上鼎鼎大名的公司角逐,虽然她有心理预期,还是不免吃惊。

"明珠,我对咱们的方案有十足的信心,你也要有信心。"约翰张这只老狐狸,有啥能瞒过他的眼睛,他看明珠神色越来越不稳,担心她乱了阵脚,及时给她打气。

商场如战场,气势和实力一样重要。

明珠长长呼出一口气,恢复镇定。

轮到他们讲标时,明珠不负众望,面对众人审视的目光,坦然自信,加上约翰张在下面补充配合着,显得他们整个团队又有格局又有活力,受到现场一致好评。

出来的时候,约翰张高兴地向她跷起大拇指,说:"今天表现上佳。"

明珠自我感觉不错,不过毕竟经验浅薄,有点不可置信地问:"我们是不是算成功了?"

约翰张笃定地说:"90%吧。"

"这么高?"明珠一颗悬着的心稍稍放下来。

"差不多。"

5月份马上来临,天气一天天热起来,劳动节的假期马上到来。

明珠争分夺秒,在30岁的这一年,她对时间开始有另一种认识。

终于,在假期开始之前,竞标结果出来了。

约翰张不愧是老行家,判断非常准确,他们成功了90%。

接下来,他们将和另外一家公司进入二选一的最终角逐。

这个消息让大家神经又紧绷起来,眼看又要进入备战状态了。

"假期一定要尽情玩耍,节后我希望看到满血复活的大家回来,我们要打一场硬仗。"约翰张在部门会议上铿锵有力地对他们说。

明珠打算好好规划假期。

她原本不打算休息,在30岁的这个节点上,休息对她来说简直是一种酷刑,她要好好利用大好时光,创造点什么,改变点什么。

这段时间顺利的职场生涯让她对自我进行肯定,整个人也变得神采奕奕。

明珠最近养成一个习惯,她喜欢在清晨时煮一杯黑咖啡、烤两片面包,坐在阳台的小圆桌边,一边看着街景,一边吃早餐。仿佛她吃的不是早餐,而是什么灵丹妙药,滋养了她的自信心。

"一切都在慢慢变好,因为想要的一切都在慢慢靠近。"每当这个时候,她的心底就会冒出这句话。那种感觉,类似于一段恋爱关系的前奏,双方正处于暧昧中,一切充满想象力,一切都与美好挂钩。

与此同时,明珠的内心就会被粉红色的希望所填满。

曾几何时,那里是一个无法填满的、大大的黑洞。

明珠感到生活好像突然在某个节点上从混乱一片开始变得有条有理有规划。

她想了下,这个节点就是从她和王明娜的那一场战争开始的。

在被逼到墙角时,努力站起来,最终为自己打出一片天地。好像也是从那个时候起,她开始相信自己,相信自己也是有力量的人,从而对生活不再俯首称臣,而是像王者一样,自己掌握人生方向。

每一天,当吃过早餐,明珠都会站起来伸个懒腰,看着眼前的城市,内心充满力量,假如那天阳光很好,又恰好打在她身上,她就觉得自己得到了这个城市最美好的祝福,仿佛上天把舞台的聚光灯打在了她的身上,而她必然会所向披靡。

当然,这种美好的能量也是拜她发明的成长日记所赐。

五一假期的前一周,明珠给笑笑电话。

"假期我们出去玩吧。"

"去哪里?"笑笑的情绪高昂起来。

她最近爱情生活甜蜜，正想着怎么制造诸多美好回忆，让感情再次升温，最终走向幸福的大结局。

明珠在微信上发了几张照片给好友，好友立刻尖叫起来。

那是郊区的一栋别墅，室内空间宽敞，装修充满艺术氛围，开放式厨房让人一下想到诸多美好食物，还有宽大的落地窗和阳台。

"我们要去这里吗？"

"租3天，我们住两个晚上。白天可以爬山打球做饭，晚上可以篝火晚会。"

"我们是谁？"笑笑机智地问。

"你，你男友，我，还有……"

"周天！"

"劳你大驾，帮我请一下。"

"遵命！"笑笑应下来。

两人又在电话里叽叽喳喳地谈了1个小时笑笑最近的感情生活，直至夕阳西下，眼见着上班的人们都已经开始归家，才收了线。

明珠并不打算立刻回家，此时此刻，她心绪丰富。

望着楼下匆匆归家的行人，她感慨：没有下班必须回家买菜做饭的义务，也许也是一种幸福，多年以后，自己会否羡慕今时今日自由身的自己？

她又回想起笑笑在电话里洋溢着幸福的语气："如果顺利，我希望今年就结婚，然后马上生孩子，明年生一个，后年再生一个。"又加一句，"他家几年前就买了学区房，而且凭着他爸的关系，应该可以上最好的幼儿园。"

明珠一向知道好友精明，善于盘算，但那个时候，还是禁不住微微讶异于好友的现实。

明珠不知不觉中进入笑笑的往事中。

笑笑给明珠的第一个印象就是紧绷感和现实感。

她争分夺秒，和人说话自带一种"我只给你三分钟时间闲聊"的急迫感。

明珠记得她所有的大课都坐在第一排，因为她总是比别人早到20分钟。

明珠每次和她说话都感到浑身紧张，仿佛自己是一个特别浪费时间的人。

她的改变来自大学三年级时，她谈了一场特别惹眼的恋爱，那个男生叫白翔，除了长得帅，还成绩优异。

他们形影不离地穿梭在校园的每个角落，从大学谈到了毕业后，以至于人们会自然而然把他们想成一个整体。

谈了恋爱的笑笑简直脱胎换骨，整个人松弛下来，一张娃娃脸显得喜气洋洋，总让明珠想起一个词"恋爱中的宝贝"。她的成绩也快速地名列前茅，进步之快让人吃惊于爱情伟大的改造力量。

明珠一度认为他们是天造地设的一对，一定会毕业就结婚生子，组成小小幸福家庭，多年后在同学中传为佳话。

但是，毕业的第一年，他们就分道扬镳了。

离开学校，走进钢筋水泥的都市丛林，人突然变得无限渺小。才子的光环立刻退去，变回芸芸众生里最普通的一员。

在这里,"强者"的衡量标准彻底改变。

半年下来,几经现实的碰撞,她不再崇拜他,他自尊心受挫,争吵变得频繁。短短时间内,各自都从对方眼中善解人意的心上人变成不可理喻的怨偶。再过一年,又几经现实的磨炼,争吵升级至难以调和的地步,笑笑已经灰心。

不是爱不爱的问题,而是爱变得没有那么重要。

毕业后的一年零一个月,笑笑和初恋分手。

"女人的时间多么宝贵,我不想浪费一分一毫。"笑笑说。

明珠到那个时候,又想起昔日"争分夺秒"的笑笑。

但这一次,她看得更加清楚了,那是一种对生存本身生出来的焦虑感。

明珠不想做道德上的批判家,因为她理解笑笑,更同情笑笑。

"若是像那个谁谁谁可以从自家人处获得帮助,她也不至于如此。"明珠曾这样替好友在同学中争辩。

但设身处地,明珠想,她不会做出同样的选择,因为她更加相信,想要什么,自己有手有脚,得到多少就用多少、吃多少、穿多少、住多少,向别人伸手,太伤自尊心。

太阳已经彻底沉下去,光线开始变得昏暗,明珠从往事中回到现实,她想,该回家了。

10 打了胜仗的人

春光明媚,大地苏醒。

四个年轻人兴致昂扬,迫不及待地去享受浪漫的春光。

明珠第一次见到笑笑新男友,匆忙中还是微微一怔。

她以为这名男子必定是人中龙凤,才能让笑笑步步为营、精心策划,像围猎一个猎物一样,耐心等待对方入网的那一天。

但是,这名叫张伟的男子相貌平平、身高中等,挺着微微凸起的啤酒肚,看起来也沉默寡言,明珠宁愿相信他深藏功与名。

她不由自主想起笑笑的历任男友来,对比之下,更是觉得好友为了完成目标,舍弃良多。

笑笑早已料到如此反应,但还是嘴一噘:"你不是一向主张看人要看内在美吗?怎么也以貌取人?"

明珠同意笑笑的说法,真正势利的原来是她自己。她发现自己很难完全抛开第一印象、举止谈吐,而直接看到一个男人宝贵的品质和真挚的情感。

笑笑看到明珠反应,顿觉莫名地尴尬,解释说:"29岁这一年,我最大的成就是明白了一件事,人是不能什么都要的,现实教会我保持头脑清醒,做对选择题。"

"每次说话都那么残酷。"明珠倒吸一口冷气。

"只能靠自己才是残酷!"笑笑讽刺地说,她内心突然失衡。

从来都是,她的男友就是她的战利品,是要让别人羡慕嫉妒恨的,不承想,这一次竟然失了风头。

"我还一直庆幸,幸亏可以依靠自己。"明珠老实地说,她没有注意到好友情绪的变化。

"明珠,你太相信自己了,我们终究不过是普通人,普通人能改变的事情太少了,在这个城市立足已是最大成功。"

明珠想,半年前,她也这么想,但是今时今日,她相信她可以改变的更多。

"为什么要选择?爱一个人和选择有什么关系?"她问。

她以为学会做选择题的好友会说出肉眼看不见的原因,比如,她喜欢他为人踏实、谦虚上进、忠诚专一、会为女性考虑诸多。

笑笑觉得明珠正站在道德的制高点上俯视她的人生,强压住火气说:"我不过想找个人结婚,他只要为人踏实、心地善良、待我好、物质条件优越即可,说到底,爱情和婚姻是两码事。"

"我始终没有办法接受为了结婚而结婚,我不知道如果没有爱情我要婚姻干什么?"明珠没有注意到笑笑的反应,完全陷入自我逻辑里。

笑笑终于无法控制自己："是的，明珠，我没有你高尚，为了爱而爱；我没有你能干，自己赚钱买香奈儿。你独立高贵、自力更生、坚强勇敢，可你知道吗？我不羡慕你，没有人爱我，我要香奈儿干吗？没有人宠我，我才会努力坚强，那是迫不得已！什么独立女性，什么梦想追求，那不过是害人的鬼话。在我看来，一个女人之所以成为女人，就是因为有男人爱！"

明珠猛地抬起头来，原来好友一直这样看她。

这段刻薄的话也彻底地激怒了她："王笑笑，你是美貌，你是精明，可是，你以为那些宠着你、爱着你的男人都是傻瓜吗？你看看，他们送了你香奈儿，可是有没有同时把真心奉上？就像你说的，一个人只能选一样，是啊，就是因为你选了物质，你才得到了他们赐给你的爱，知道吗？那是赐给你的！想什么时候收走就收走！而你不过是那个接受施舍的人！"

"万明珠，我的香奈儿至少比你多！我至少也比你勇敢一百倍，你看看你，你不是喜欢周天吗？可你没有勇气！因为你怂！"王笑笑的声音里已经有了几分嘶吼和哭音。

明珠双眼直冒金星，她正要反击，一眼看见周天正自远处走过来，刚要出口的话生生咽了回去。

周天走过来，感觉两人之间好像有种无形的张力，气氛有些怪异，不禁纳闷：女人的世界真是说变就变，刚刚不是还笑靥如花，怎么突然就乌云密布？

他不禁问："发生了什么事？"

笑笑偷偷擦干眼角泪痕，展开欢颜："没事，咱们走吧。"

明珠低着头:"没事,随便聊天。"

两个人若无其事地上车,周天跟在后面,不由自主摇摇头。

上了车,他主动提议给大家讲一个笑话,两个人大笑起来,气氛终于恢复如初。

他终于放下心来。

4个人一路说说笑笑,不一会儿就到了目的地。

一到目的地,4个人立刻欢呼雀跃,只见绿草丛中有一栋白色的二层小洋楼,风格非常童话,院子里各色鲜花绽放,木栅栏上明黄色的小花好似在和他们打招呼。透过宽大的落地窗,他们看到了洁净的开放式厨房、木质地板、白色坐垫、墙壁上的现代派绘画,还有各色毛绒玩具。

真是理想的度假之地。

这个时候,王笑笑又念起了明珠的好,激动地挽着她的手臂:"还是你有办法,总能找到最称心如意的地方。"

明珠故意撇撇嘴巴:"现实就是这么残酷,因为我只能靠自己!"

笑笑捅捅她的胳膊肘:"你还真记仇了。"

明珠也捅她:"谁让你突然翻脸不认人!"

两个人嘻嘻哈哈打闹起来,不一会儿就在草坪上滚起来。

两个男生见状,一边从车里搬东西,一边面面相觑。

"女人的情绪变化要比男人快一百倍。"

"女人的情绪也要比男人丰富一百倍。"

那边在草地上打闹的两个人听到有人议论她们,扬言问:"你们在说什么?"

两人异口同声："你俩真好看！"

看到两人笑得更开心，他们知道自己说对话了。

逃离城市后，他们终于可以自己定义时间。

有的时候，凌晨 2:00 才睡觉；有的时候早午饭一起吃；有的时候，早上从凌晨 5:00 开始。

人类是如此需要偶尔脱离既定规则，这让人感到自己还活着。

他们一起做饭、聊天、打牌、唱歌，假期的氛围让每个人看起来比平时更轻盈。

在人生的这个阶段上，他们都心怀希望，觉得明天一定会更好。

明珠好像第一次看清万事万物的真实面孔，觉得人间原来是让人享受的胜地，而不是搏斗的战场。

但她的好闺蜜显然并不这么认为，她或许以为此时此刻才是她人生最重要的战场。

"伟，我又输了，快指导我打这个游戏。"笑笑噘着嘴巴，委屈地、撒娇地、无助地向男友求救。

男友张伟立刻挺身而出，像个英雄一样一步步指导女友晋级，神态自信，眼神满足。

"成功了！你太厉害了！我好崇拜你！"笑笑一把搂住男友脖子，甜甜蜜蜜地在对方脸上亲一口，一双星星眼星光四溢地看着对方。

明珠诧异于平时现实精明的好友竟然还有这么娇憨可爱的一面。

几乎连她都分不清这是真爱,还是真有技术。或者在笑笑眼里,本来就已经分不清。

最后一天,大概是累了,才晚上7:00,4个人已经蜷缩在沙发上起不来。

周天主动提议给大家煮面吃,其他3个懒鬼"哇"一声叫好。

不一会儿,4碗色香味俱全的西红柿鸡蛋面端上来,4个人狼吞虎咽,连连称赞。

明珠心想:这人真是宝藏,怎么好像一点缺点也没有呢。

她这样想时,她的意中人也在琢磨她。

当年在爬山的社团里,物理系的他隐隐地觉得,文学系那个漂亮的女孩好像对他有点意思。但是,这个想法也只是一个念头,因为那时,他正在谈一场貌似永远也不会分手的恋爱。谁能想到,毕业几年,辗转之间,再次碰面,如果不是缘分,还会是什么?

再见她时,那个一笑起来眼睛就弯弯的女孩已经成长为明艳的职场丽人,多了一丝成熟利落,少了一丝青涩稚嫩。

他忍不住想要走进她的生活,但让他略微沮丧的是,他貌似还看不清楚她的心意。

周天不由自主地夹了一块肥大的凉拌木耳放在明珠碗里,说:"多吃点菜。"

一旁的笑笑心照不宣地抬起了嘴角。

笑笑准男友也赶紧现学现卖,夹一筷子芹菜给笑笑。

一时间,这顿饭吃得浓情蜜意,好不甜蜜。

周天的心意越来越明显，笑笑在一旁煽风点火："多好，你爱的人他也爱你。"

明珠却突然喜极而悲，生出了无限烦恼。

"他这么好，恋爱经验又丰富，会不会花心？"

"男人多点恋爱经验是好事，否则像个闷葫芦，无法沟通，不知道交往起来有多辛苦。"

明珠突然觉得笑笑的准老公看起来忠诚老实，是致命优点之一。

"他这么忙，会不会一忙起来就把女友当作透明人？"

笑笑突然失笑，她像看一个小孩子一样看明珠："我知道有恐婚症，但第一次看到恐恋症。"

传说中，面对想要的东西，人类有两种反应：一种是扑上去，努力据为己有；还有一种是内心无名生出恐惧，总觉得自己不配得到想要的东西，一推再推，终于真的失去。

明珠一边恐惧，一边焦虑，她怕自己成为后者。

小时候，每次她想要母亲抱抱她，母亲总是以各种理由拒绝；她想要父亲去开家长会，可是父亲从未在家长会上出现过。久而久之，她已经习惯。凡是渴望，总会绝望。之后面对想要的东西，她一律顺其自然，从不争取，因为一早知道，一定会绝望。

面对周天的步步逼近，命运帮她做出选择，她一步步后退。

她安慰自己：若是真正有缘，命运一定另有安排。

5 天假期很快结束。

众人回到都市的钢筋水泥中，生活开始加速前进，一切闲暇里的思考都被抛在脑后。

第二轮要出广告片小样,考验的已经不是两家公司的创意,而是实现创意的能力。

明珠每天和导演、后期人员开会,还是觉得没有十足把握。

导演每提一种方案就被她否掉,几天会议下来,这个30多岁的男导演甚至怀疑这名年轻的女总监是不是看他不顺眼,有心打击他的自尊心,不禁憋了一肚子火气,头发也被抓得仿佛自精神病院出来,心想,迟早有一天,会有一战。

明珠没有想那么多,她的心思全在案子上,日日翻阅各种材料,每天上床时,已经是凌晨2:00,但次日还能准时上班,众人看她自己都累成这样,再苦再累也不好抱怨什么。

约翰张看她这么上心,也就放下心来。

"年轻还是好,好胜心就是一种竞争力,"约翰张心里这样想,"要是换一个老成持重的总监,一定会找一个相熟的导演,配一个可信的后期,凭着经验做最大努力,真要是败了,自然也会想办法安慰自己,找理由向上司交代。"

约翰张觉得他没有看错明珠,明珠做事有一种狠劲,这种狠劲更多地源自她对自己的高要求,而不是源自某个老板的督促。

再过一周,小样马上要做出来了,明珠突然又有了新的想法。

事情起源于周末的一次看展,和她去的是周天。

那是一场关于美国摇滚歌手鲍勃·迪伦的展览,明珠看得很投入，突然间，自那一幅幅自然清新的画作中得到了启发。

"可以用这样的画面来做后现代化处理，既是向经典致敬，又能体现金融业也并非一切向钱看齐，也有自己的追求和品位。"明珠一时间快要叫出来。

但是，导演和后期听后立刻气馁，时间只剩下3天，要他们从头再来，难道不是在开玩笑？

"明珠，有可能我真的胜任不了这个工作，要不，你们换人吧。"为了避免一场对双方都无任何好处的争吵，导演强忍着火气说。

明珠心底一声惨叫，这才是她最怕的。

她沉住气，一边思忖一边想办法：这导演倒是个艺术家个性，不如用艺术来打动他？

"为了艺术啊，导演，为了艺术我们就再坚持一下！你看我，都快睡在办公室了，但只要想到能做出好的作品来，我就觉得值得！"明珠充满激情地说。

导演的心立刻软下来。

明珠立刻循循善诱，声情并茂地描述所有细节，最后都加上一句："只有细节才能造就真正的艺术，导演，我说得没错吧？"

几个回合下来，导演愁苦的一张脸终于舒展开来，头已经点成了小鸡啄米状。

但他毕竟还是个艺术商人，没有忘记最关键的事情，一丝不苟地对明珠说："小样费我要加一万块。"

明珠立刻应下来。

项目马上重启,她自己也不惜力地陪着团队加班,3天时间几乎睡在办公室。

其他团队有人这样议论她:"女人一旦拼命,真是可怕。"

功夫不负有心人。

7月份的一个周一早上,天气已经大热,明珠一到办公室就喝下一大杯冰咖啡。

10:30的会议要准备,她打开电脑,坐直身子,开始整理项目清单。

突然之间,一份邮件自电脑右上方滑入,她正值一天精力最充沛的时间,火眼金睛,一眼看到"恭喜"两个字,一颗心快要跃出喉咙。

真的赢了!明珠握着鼠标的手开始颤抖。

看真了,白纸黑字,宣告了梦想成真,他们真的赢了!

明珠呼出一口气,顿一顿,决定把这个好消息告诉约翰张。

她想,由约翰张来宣布这个好消息比较合适。

短短时间,明珠发现自己考虑事情周到严密,功力升级数倍。

10分钟后,约翰张从办公室走出来,满脸春风地对着大家说:"宣布一个好消息,安匠的案子我们胜出了!"

办公室立刻进入狂欢状态。

有人提议:"我们开香槟庆祝吧!"

有人马上接上:"老板,干脆例会变成庆祝会吧!"

约翰张正高兴,干脆地说:"行!"并且转身就安排秘书准备。

这个喜气洋洋的早上大家无心工作,沉浸在打胜仗的气氛里。

喜悦的心情只有分享了才能无限放大,古时候士兵打了胜仗要大贺3天,聚在一起彻夜喝酒听乐吃肉划拳睡大觉,人类文明进化至现在,换汤不换药。

明珠处理完数封邮件,跑到卫生间对着镜子哭。

"我成了,我真的成了。"她对着镜子中的自己说。

"不,你不过是运气好,没有苏宁,没有周天邀约的那场展览,你未必会成功。"脑子里的另一个声音又开始说话。

明珠高涨的情绪瞬间消失了大半,她的理智开始回归。

但更大的好消息在4天后到来,她收到约翰张的通知,公司决定升任她为总监,她将成为公司有史以来亚太区最年轻的总监。

这个职位是约翰张为了鼓舞士气,替下属争取的。

明珠再次确认了一件事:约翰张才是真正的好老板。

以前,被他的花边新闻所影响,总觉得这个人一举一动都轻浮,皱纹里都藏着淫笑,让人好生讨厌。但现在看,约翰张知道如何帮助下属在各个维度成长,做事公平,知人善任,具备真正的领导力。

明珠专门买了约翰张喜欢的咖啡向老板致谢。

约翰张说出来的话让人十分舒心:"明珠,这都是你自己努力的结果,我不过是尽一个老板的义务。"

"您是真正的好老板,我以后一定会更加努力,向您学习。"

上下级互相肯定,这场谈话让他们彼此更加信任。

明珠没有忘记日夜和自己共同战斗的伙伴,趁机提出:"我下面两个经理,是否也有机会升职?"

约翰张一怔,没有想到明珠还有这样的大局观。

他迟疑一下,给出一颗定心丸:"你属于破格升职,也因为本来有职位空缺,在年中突然几个人升职,让其他组的人也会有意见,但如果年底你们能把年度合同也拿下来,这样就理所当然了。"

明珠点点头,她相信老板说到做到。

生活中这样顺心顺意的时刻实在太少了,她喝着甜苹果酒,整个身心都荡漾起来。

她想起两年前的自己,那个时候是"好像什么都错了"。细细思索来时路,她甚至会怀疑王明娜是上天派给她的贵人,若没有那场你死我活的职场斗争,她根本没有办法突破自我,创造出新的自己。

"福兮祸之所倚,祸兮福之所伏。"明珠感慨世上没有新鲜事,古人早已有恰当表述。

一天,她起得有点早,穿着睡衣,煮一杯咖啡,心情轻盈地坐在阳台上看晨曦初现。

天光慢慢亮起来,阳光的金线从乌云背后一点点升腾起来,光明吞噬掉黑暗,明珠从未发现大自然有如此宏伟景观,而且竟然发生在一个稀松平常的日子里,她感慨生活有多少美好的事情有待发掘。

  与此同时,她觉得,命运正一步步地把她自从前的阴沟送到云端,她的心也飞起来了,在云端飘啊飘,好像她想要的一切都近在咫尺,没有人能夺走什么,明珠的笑自心底涌上双颊。闹钟响起,她进入屋内,换上衣服,去往她的战场。

11 一个关于命运的故事

一天一天地打仗,猛一抬头,已经是初秋时节。

一天,明珠正在会议室开会,对着大家提交的方案分析利弊,针针见血,话说得有点直白,右手边坐着的一位女同事受到伤害,突然低下头来,眼眶泛红。

明珠不理会,继续毫不含糊地提出修改意见,大家压力山大,一个个屏住了呼吸。

有人禁不住感慨,一年前那个受人欺负的柔弱女子为何此刻站到了大家的对立面,像一个女魔头一样不近人情,只管发号施令。

明珠的修改意见非常具体,她不是没有意识到,今天的方案会等于告诉在场的所有人:你们要重做了。众人讨厌她是理所当然。

会议接近尾声,她惯例扫视一下所有人,问一句:"大家还有没有什么想法?"

没有听到回音,她即刻宣布散会,站起来走了出去。

她也晓得,背后有多少声音在抱怨,有多少怨恨的目光在逼视。

明珠回到办公室,扔下手里的电脑,躺在沙发上稍作休息。

真是烦躁,一个稍稍合意的方案都没有……

是我管理过于松懈,大家都不努力了吗?还是我要求太高?明珠揉揉酸胀的眼睛,闭目苦思。

刚才那个女孩的眼泪她看得真真切切,不是她心狠,而是职场不相信眼泪。她想用这种视而不见的方式告诉所有人,哭是没有用的,有用的是用心工作,拿出好的解决方案来。

约翰张一直提醒她,要赏罚分明,她也真是这么做的。

思绪杂乱间,电话响了,是笑笑。

明珠正想放松心情,吐槽不如意之事,迫不及待地接通电话。

笑笑带来一个坏消息。

"最近有没有和周天联络约会?"

"我记得他最近一直在出差,貌似最近的联系是一月前在微信上。"

笑笑忍不住埋怨好友大意,已经30岁了,有比终身大事更值得好好投放精力的事吗?

"他正在和他们集团一个领导的千金约会!"笑笑气愤地说。

明珠自沙发上猛然坐起,她机械地问:"什么时候的事?"

"我今天和业务部一个前同事吃饭,她告诉我的。"

明珠顿一顿,按住心口。

"也许是传闻。"她语声平静。

"不可能，这个同事极少传闲话，一定是当事人已经正式公开关系。"

明珠沉默，细想他们上次在微信上谈话，他想约她过生日，她本来答应了的，但是临时加班，在办公室待到午夜才回家，他的生日已经过去。

她抱歉地要补偿他，他宽厚地说："没事，生日每年都过，下次吧。"

明珠当下感动于对方的宽容和善解人意。

"明珠，明珠，你不是把安匠的案子也抢到手了吗？这一次，拿出你全部的魄力，赶紧给我把周天抢回来。"笑笑着急地跺脚。

明珠失笑："我又不是女土匪，可以打家劫舍，把看上的男子抢回来押到山头，逼着和我成婚入洞房。"

"都这个时候了，你还有心情说笑。"笑笑埋怨她。

明珠叹口气。

"也许，他本来就不属于我。"

"你太佛系了，这么耗下去，一定会被工作拖垮，孤独成性。"

"所以，你千万别学我，赶紧把自己嫁出去。"

"好，我一定以你为前车之鉴。"笑笑恨铁不成钢。

这个下午，明珠的太阳穴一直在嗡嗡作响，她集中全部精力和电脑苦苦纠缠了两个小时，心思杂乱，没有任何进展，终于放弃，早早下班。

同事看到成日里要把办公室坐穿的她突然提前下班，惊讶之余都忍不住松一口气。

不承想，下楼的时候在电梯里偶遇约翰张，明珠忐忑地想，每天加班没有一天碰上老板，今天早退就被逮个正着，最近是不是水星逆行，正在走霉运。

约翰张想的却是另外一回事，他看着明珠，吃惊地问："明珠，你脸色死灰，是不是身体不舒服？"

明珠不由自主摸一下脸，她的机智起了作用："有点胃疼，所以想回家休息下。"

约翰张关切地嘱咐她一定好好休息、注意身体之类。

明珠回到家，扔掉皮包，脱掉风衣，踢掉鞋子，以迅雷不及掩耳之势换上宽大的白色棉质睡袍，趴到床上就不动了。

从来没有这么疲累过，她很快进入了梦乡。

恍惚中，她看见一个一身白衣的小女孩苍白着一张脸蹲在角落里，头仰起来，小小面孔上一双黑漆漆的大眼睛透出心底无限的恐惧，整个人仿佛没有一丝一毫的力气。明珠心头一动，走过去抱住她，不由自主地说："别怕，终有一日，你可以撑住你自己，你可以爱你自己。"

对方问她："你是谁？"

明珠在梦中突然清醒，发现那是小时候的自己。

对方又说："你的眼泪好多。"

明珠用手一摸，才知道整张脸已经被泪水冲洗过。

对方问:"能否告诉我,为什么父母不爱我?"

明珠被问住了。这个问题她苦苦思索近 30 年,仍然不得其解。

对方见她迟迟不回应,伤心地哭了起来。

明珠着急,也跟着对方哭起来,哭到最后,索性不再压抑自己。

她大恸,眼泪排山倒海而出,自她脚下流过,流出房间,流出大门,流到街角,流到人们的脚底,直至流入看不见边际的大海……

正哭得胸腔疼痛,突然醒过来,抬头一看表,睡了不过半个小时。

想起刚才奇怪的梦,整个人怔怔的,觉得万分凄凉。

她起身到厨房沏了一杯红茶,走到阳台上透气。

这个时候,她终于开始面对现实,想起了周天。

她怨恨他吗?不不不,他们都想错了。

如果问题可以简单归为他人的错,再简单不过。

这不是一个现实打败爱情的俗套故事,也不是一个有关利益和爱情的抉择故事。

对于明珠而言,这是一个关于命运的故事。

准确地说,周天没有背叛她,是她拒绝了他。

明珠陷入回忆。

春天的那个假期,在 4 人出游的某个晚上,明珠记得那天的月亮特别皎洁,夜来香清香四溢,知了在枝头鸣叫。她正想:如果此刻和意中人相拥月下,该是人生多大幸事?

美梦突然成真。

她收到周天给她的信息:睡没睡?外面空气真好,出去走一走?

她听到自己的一颗心在扑通扑通地响。

那种洪水般的幸福感席卷了她。

但紧接着的是,恐惧感从脚底升腾起来,像以往一样,她又被一双隐形巨手攥住了,完全失去自由意志。

明珠到现在仍然能清晰地感到那种恐惧,莫名其妙地出现,莫名其妙地强大,仿佛是命运暗中伸出来的一双手,无法摆脱。

但她的理性尚存,她问自己:为什么?为什么?这不是你一直以来所期待的吗?

但是恐惧比理性更强大。

最终,她没有回复周天。

等到第二天起床,明珠见到周天,佯装随意地说:"昨天太累,今早才看到你消息。"

周天讪讪地回:"我也是碰碰运气,看你有没有睡着。"

还有最近联系的那一次,他对她说:"下周五晚上的时间空出来吧。"说完后,他又特意强调,"只有我们两个,有惊喜。"

但是周五的时候,她以加班为理由拒绝了他。

两次关键时刻的拒绝,他那么聪明,当然明白原委,于是知难而退,选择了中意他的人。

是她自己亲自拒绝了她爱的人。

这已经不是第一次了。

明珠想起那年秋天的事情。

那一次，公司法国总部 CEO 的儿子来华视察，她因为英文好，被派去一路做接待工作。

她还记得第一次看到这名法国和意大利混血美男子时心跳的速度。

她发誓那是她第一次见到如此英俊的男子，大理石雕塑般的面孔，高大健硕的身材，温文尔雅的举止，清晰敏捷的头脑。

他叫阿贝尔，比她大一岁，剑桥博士。

一周的陪同下来，他们相处非常愉快，来自异国的阿贝尔仿佛一个好奇的小孩子，只恨不得多长几只眼睛出来，看到什么都要问明珠来龙去脉。

"珠珠，这个菜是怎么做出来的？"他指着一盘宫保鸡丁说。

"加上作料在锅里炒出来的。"明珠想不出更好的解释。

"什么叫'炒'？"

"就是用一个这样的工具在锅里这样……"明珠双手比画着做示范。

"真有意思。"阿贝尔笑着说。

10 天的行程结束后，阿贝尔邀请明珠吃饭，表示感谢。

明珠松一口气，有种孩子要上学，当妈的终于可以放假的感觉。

但想到别离，又隐隐地觉得胸口酸楚，那英俊的面孔和幽默的性格真是天底下一等一的好男子才有的素养，明珠下意识地想，此生不知道还有没有机会靠近如此美好的人。

最后的晚餐上，她没有想到，来自浪漫国度的阿贝尔拿着玫瑰在等她。

明珠看到鲜红的玫瑰，两颊飞红，嘴角的笑意藏不住。

阿贝尔的语言更让她春心荡漾："你是我见过最美、最温柔的女子，我喜欢你。"

有那么一瞬间，明珠意乱情迷，但她立刻告诉自己：外国人一向喜欢夸人，千万不要会错意。

但紧接着，阿贝尔用了更加直接的语言："珠珠，我自去年失恋，和女友分开，一直单身。你是让我心动的女子，我一直很想问你，你有没有男朋友？"

明珠呆住，不由自主地说："我也单身。"

阿贝尔喜出望外，坦白心底好感："那我可以追求你吗？"

明珠一时血液自脚底涌到头顶，幸福来得太突然，她说不出话来。

那只命运的巨手此刻又现形，攫住她、控制她，让她感觉一阵战栗。

她的理性开始质疑她：明珠啊，你用什么和他相配？身份、地位、财富、家境、能力，他样样高出你数个层级。

阿贝尔以为明珠有所顾虑，继续热情表白："我可以申请调到中国来工作，我很喜欢这里。"

明珠听见自己说:"阿贝尔,我们只能做朋友。"

阿贝尔期盼的眼神一下子暗淡下去。

但他毕竟是个绅士,隔一会儿,他已经恢复,说:"珠珠,你不喜欢我吧。那我们做朋友吧。"

那个晚上,回到家的明珠困惑不已,她为什么会说出拒绝的话?她为什么突然就不能做她自己?命运究竟要给她安排一个怎样的结局?

回忆让明珠十分憎恨自己,一个人若总是做不了自己的主,那和囚徒有什么分别?

她扯着头发想要把自己撕碎。

那只神秘的大手究竟是什么?为什么要控制我,阻止我得到我想要的东西?

绝望中,明珠想起刚才的梦,那个白衣小女孩恐惧而无助的眼神。恍惚间,明珠觉得自己似乎从未长大,那个恐惧的、无助的、渴望爱的小女孩一直都住在她的身体里,她的人虽然已经长大,但是她的精神却一如既往。

"为什么父母都不爱我?"小女孩的话响在她的耳边,"为什么我的父母不爱我?我做错了什么?"

"因为你不配。"一个声音说。

明珠突然哭了出来,说到底,是她不配得到爱。

因为不配得到爱,她也真的不知道什么是爱。

母亲爱弟弟,但是不爱她。

她对爱本身感到恐惧和质疑,她对冷漠、疏离、拒绝充满熟悉感，并且不由自主地被这些东西所吸引，因为这是她从小到大所遭遇的。

她想起小时候，她在学校磕破了脸，回到家，母亲看到后，只冷漠地说一句：一点小伤有什么可哭的，过几天就好了。父母从来不会安慰她，只会无视她。

爱哭的她每次都觉得自己有错，到后来，已经不敢在父母面前哭。

而今时今日，当有人慷慨地给予她关注、呵护、欣赏的时候，她本能地习惯于后退、逃避，她觉得自己不配，感到陌生且害怕。

当有人开始鄙夷、挑剔、拒绝她的时候，她觉得童年的痛苦重现，伤心，但是也安心，因为熟悉。

这个发现让明珠战栗不已。

她站起来，在阳台的小圆桌边坐下来，喝一口茶，将头发束到脑后，思维似乎也变得清晰，她想起了更遥远的事情。

毕业的第一年，她在负责执行一次财经峰会的举办时，认识了咨询公司高管宇峰。

宇峰是该次峰会的嘉宾之一，在一家顶级咨询机构做总监，年纪轻轻，已是合伙人的备选人之一。

他们是怎么认识的呢？

明珠记得她搞错了一个嘉宾的出场次序，老板来做最后一次检查时发现错误。明珠记得当时的老板是一个45岁的中年妇女，当时正值和老公的离婚期，脾气相当暴躁，在办公室两天一小骂，三天一大骂，振聋发聩，恶毒至极。到最后，大家发现发火已经成为她性格的一个重要部分，而不是因为什么具体事情。

这样一件明显的错误必然招致她狠毒的训骂。

明珠挨完骂，坐在后台的角落里抹眼泪。

宇峰当天从机场直接赶过来，早到了一个小时。坐了5个小时国际长途飞机的他，身体有些疲倦，到了会场，只想赶紧打一杯黑咖啡来提振精神，正四下找咖啡机，不承想，看见一个女孩坐在角落里哭，让他停住脚步的是，那女孩的眼泪多得吓人，他前所未见，一时间看呆了。

然后，身体已不由自主做出反应。

他走过去，没有经验的他，开始有些不知所措，站了一会儿，掏出纸巾来递给她。

那女孩倒是也不客气，拿过纸巾擦眼泪，但是她的眼泪太多了，顷刻间，一张纸巾就全湿透。

他再取一张，她又拿过去，再擦，再湿掉。

就这样，一包纸巾马上用完。

也自此，开始了下文，三个月后，她成为他的女朋友。

明珠回忆起宇峰，隔着时间，比较公允：他是一个聪明绝顶、自私自利的人。

明珠想，她为什么会很痛快地接受他呢？

今时今日，她突然明白，因为他只索取，不付出，像极了她的家人，像极了她从小到大的遭遇。

他让她觉得她不配得到，只配给予。

他没有用爱的温度来让她感到恐惧。

"珠,我下周日回来,你订好电影票,记住,选离我近一点的地方。"

"珠,我喜欢那天你煲的那个汤,你明天再给我煲一锅吧。"

"珠,帮我预约教练,我周日去游泳。"

明珠做了他一年的女朋友,只觉得仿佛身兼保姆、秘书和女朋友三种角色。

他面对明珠的要求,一贯也有自己回应的方式。

"珠,乖,我后天得出差,你一个人去吧,你能理解我的,是不是?"

"珠,我的工作有多重要,你知道的,是不是?"

"珠,等下次,我真的抽不开身。"

一年的时间,明珠付出了理解、善良、包容、支持,而他除了给了她一个女朋友身份,从未打算配合什么、回报什么。

明珠开始时乐此不疲,她习惯于付出,并不觉得不妥,但到最后,身体和精神同时做出反应,她觉得好累。

但他们之间最大的一次矛盾不是关于他们之间相处方式的,而是关于他的个人作风。

一次,他们正在家里吃饭,宇峰去了卫生间,明珠正要起身盛汤,目光不由得被眼前的亮光吸引,瞥眼一看,是宇峰的手机,她的脸立刻拉了下来。

那是一个女生发来的短信,内容相当暧昧。

这个时候,宇峰从卫生间出来,一眼看见明珠表情,聪明的他立刻明白发生了什么。

他是这样解释的：一个成功男人身边有几个追求者那是再自然不过的。但你要相信，我洁身自好，已经声明我有女友，从未给予回应。

那个下午，明珠说服自己：我能找到这样好的男友已是极大幸运，过多计较也许是不恰当的。

最终，她选择了原谅。

但是，第二次，事情变本加厉。

有女生直接发了裸照给他，又被明珠撞见。

明珠的头脑还未做出任何反应，她的身体相当诚实地呕吐起来。

她觉得恶心无比。

这一次，是身体帮她做出决定，她再也无法忍受他碰她。

他们和平分手。

夜幕马上来临，秋风初起，带着丝丝寒意，明珠不由得裹紧睡裙抱紧身体。

她站在阳台上，胳膊抵着栏杆不住地叹气，大脑一片混乱。

这小小阳台真是明珠的亲人，记录了她所有的悲欢离合。

她高兴时喜欢来这里，不高兴时也喜欢来这里；困惑时喜欢来这里，思考时也喜欢来这里。

方寸之地可以将私人地带与城市景观甚至天地相连，真是不可多得的称心如意之地。

明珠又失意地想，可这方寸称心如意之地也是她租来的，而不能完全属于她。她不禁自问：我究竟有什么？这世上我究竟占有了什么？这一问又把她打回原形。

原来她拥有的总体不过是偌大城市里一个办公大楼里的位置，以及这一屋子衣物日用品，其他什么都没有，而她马上就要31岁。

明珠越想越沮丧，她很想大醉一场，决定找苏宁喝酒。

苏宁立刻发了一个地址给她，让她即刻过去。

朋友有很多种，苏宁是她的酒友，又在诸多事务上肯互相帮忙，只有互利，没有冲突，因而相处起来轻松愉悦，又可以谈真心话，真正难得。

明珠想，成年人的友谊太难了，总是事关利害，比较、猜测，真心被藏得死死的。她在此刻竟然有闲心想起一个闺蜜。

那是她相处了近10年的闺蜜，买了房子、车子，逢人便说都是租来的，遮遮掩掩，怕被人嫉妒。

有一位共同好友评价得好：她以为在这个城市有房有车已经跻身世界富人，人们都会嫉妒她、诬陷她、迫害她，简直是生活在旧时代，或者背后必有一位生活在旧时代的母亲教会了她。

简直一针见血。

自那件事后，大家看她都觉得心术奇怪，无法再深交。

明珠想起大学时的她坦白而真诚、热情而灵性，一定是被社会给污染了，防人的心过重，带上了几分神经质。由此可见社会真是可怕，踏进去后，三五年一过，全都面目全非，变得庸俗现实，全无个性。

苏宁远远看见有一个穿白色裹身裙的女子走进来，认出来是明珠，已经为她斟好酒。

明珠目光扫一下，立刻找到戴着亮闪闪大耳环的苏宁，走过去坐下来。

苏宁正和调酒师说话："加一个冰球就可以，她不喜欢太多冰。"

调酒师把圆滚滚的一小块冰放进去，递给她，她接过来马上放到明珠面前："这是新来的日本威士忌，口味非常柔和，绝对是你的那杯酒。"

"是吗？"明珠疑惑地端起来，头一仰，小半杯下肚，发觉这酒苦中有柔，并不太烈，干脆端起来全部喝下去。

一杯下去，她浑身抖一个激灵，喉咙火辣辣的，胃也如同火烧，眉头立刻皱起来。

一旁的苏宁微微一怔，赶紧递给她一杯冰水，她接过去，又是一饮而尽。

一向沉稳的她今天遇到了什么？苏宁狐疑。

"看来，今日是来买醉的。"

"是的，我是真庆幸想买醉的时候，还能找到你。"

"失恋了？"

明珠猛一抬头，这女子太聪明了，已经会看面相。

她轻轻吁出一口气："都说女人太聪明，男人会害怕，你的男友们有没有被吓到？"

苏宁不理她的问题，继续说："失恋了就好好喝一场，回去睡足12个小时，醒来后权当做了一场噩梦，再重新来过。"

旧的不去新的不来,切忌怨天尤人、颓废堕落,你以为别人会怜悯你?别人只会看笑话。"

"是血泪经验?"

"是。"

明珠今天意志力薄弱,再加上一杯威士忌的作用,说话已经无法过脑,她问:"聪明的,请告诉我,什么是爱?为什么我一点也不懂如何爱人?为什么我总觉得我不配得到爱?"

苏宁没有想到真实的明珠会问出这样的问题。

平日,她们虽然私下里总一起喝酒,但说的大多是工作的事。这女子在工作上几乎是老成持重、滴水不漏,即使有弱点,但也总会马上修正,有困难,最终总会找到办法,所以成为行业内最年轻总监之一,也是她理所应得。

她以为游刃有余就是她的本色,想不到,遇到情感问题,竟然这样束手无策。

但苏宁却觉得和她更加亲近起来。

果然是,让人们亲密的绝非成功的高光时刻,因为很难感同身受,而是一个人的脆弱,因为人人都有。

苏宁用手拍拍她的肩膀,以示安慰。

爱情真是世上最耗费心力的事情,用这点心力去干事业,一定成绩斐然,可世人皆醉,都渴望爱与被爱,所以才搞出那么多爱恨情仇的戏码。

苏宁点上一支烟。

明珠仍然不依不饶:"聪明的,请你告诉我?"

苏宁这样回答她:"我虽然并非身经百战,但是,从我的角度看过去,一个人如果不懂得爱自己,是很难得到爱的。还有,一个人如果连怎么爱自己都不知道,又如何懂得爱他人呢?"

"那么,你是怎么爱你自己的呢?"

"我做事情只对自己负责,不在乎旁人眼光,我做事情总为自己考虑,只听自己的,从不诋毁、贬低、看轻我自己。"

明珠到这个时候,真正开始佩服这个潇洒的女子。

三言两语,把人生最重要的智慧全部说清楚。

是的,爱自己是生而为人最重要的事情,但这件事情,明珠一直没有学会。

想起她看轻自己、否定自己、打击自己的种种,她突然明白,别人这样对她,其实都是因为她自己做了最好的榜样。

这个晚上,明珠生平第一次喝得酩酊大醉。苏宁送她回家,在午夜的车上,苏宁伤感地想起,她也曾经为一个男子伤心欲绝过,可是隔了几年再遇见,看到对方微秃的头顶和松松垮垮的身形,心里好生奇怪:当年,就是为了这样一个人搞得要死要活?爱情令人产生幻觉,到今时今日,再失恋,也知道伤心有期限,不会超过一个月,人是潇洒了,但也再没有从前的甘之如饴、如痴如醉,可见,万事皆有利弊。

12 背香奈儿的女魔头

一转眼，又是两个月。

失恋后的明珠，将全部精力用在办公室里，隔几天就要打一场硬仗。

在拿下安匠之后，她又乘势拿下金融领域几个大单子，一时在办公室风头无限。

刚进入第三季度，他们团队的业绩已比去年翻了一倍。

随着业务量的激增，她也再无任何个人生活。

笑笑督促她："明珠，每个办公室都有一个位高权重、单身、脾气怪的女巫婆，你可不要变成那样。"

"也许，那是命运给我安排的角色，根本由不得我。"明珠打趣。

"女人，终究还是得有个家，事业再成功，没有老公孩子，孤身一人，有什么意思。"

"可是，我遇不到也没有办法。"

"你太挑剔，又要感情，又要脾性相当，还要人品出众，单是拿出哪一条来，都已困难重重，人要现实。"

"知道了，所以得拜托你帮我好好物色。"

"自己也要操心，精力得合理分配。"

"记住啦。"明珠听话地说。

她并没有打算为了工作放弃爱情，只是，此时此刻，没有爱情可谈，工作脱颖而出，形势帮她做出了选择。

没有容她多感慨，有人来叫她开会，明珠马上起身。

今天开会要定的是刚谈下来的金融PR方案，她想，新客户新领域，首仗无论如何得打好。

明珠一手夹着电脑，一手端着一杯咖啡走进去。

她最近的咖啡量已由1天1杯增加至1天3杯，继续下去，咖啡和白水就没有分别了。

下属已经准备好投影仪，4个人齐齐坐着等她。

几分钟后，她盯着投影仪开始皱眉头。

"这个方案为什么不加能想到的热点？媒体资源这么单薄吗？为什么没有社会化媒体的加入？微博的大号可以加进来，微信的大号也可以加进来。"

下属狡辩："热点问题打算具体执行的时候做变通。"

"那至少也得在你的方案里留出空间做变通，是不是？而且，一些节假日都是固定热点，都不做安排吗？"明珠忍住火。

"微信大号的费用太贵，不太适合对方。"

明珠看看时间，想起接下来的会议，她不耐烦地说："微信大号贵不贵你应该让客户来决定，然后给出选择，不应该你来决定。你不是第一天做PR方案了，这些都是常识性的问题。"

下属还要张口狡辩:"这是新客户,所以……"

明珠不耐烦地结束掉话题:"其他的先不用说了,先把这些按照我说的改了。"

下属不情愿地"嗯"一声,带着电脑离开,明珠看见她又红了眼睛。

奇怪,此时此刻,她完全缺乏同情心,在旁人看来或许真是办公室"巫婆"。

她非常生气,这名同事工作年限明明和她只差一年,连一些行业常识都没有,这是不是对自己要求太低了?

明珠想起处于那个位置时的自己,所有问题都力求想在客户之前,每次和客户开会,都细细记下客户所有需要和偏好,每份方案出来,都要细细检查所有可能考虑不周的情况,至于这种常识性问题,她在工作1年的时候就已经学会避免。

想到这里,她叹了口气,今时今日才理解老板最大的幸运在于有几个得力下属,最看重的品质是精准地、专业地完成工作任务,而不多事,然后才是忠诚、聪明、善于沟通等额外品质。

不是不允许哭,可是哭过如果还是不能吸取教训,争取进步,那这泪水就白流了。

明珠不由自主地对在场的其他同事强调:"不是不可以犯错误,但是要犯高级点的错误,我不接受基础性错误。"

接下来又看新媒体运营月度计划。

明珠一眼看到计划的中间有一篇专访,立刻说:"上次开会,我记得甲方总监是不是强调过,他们老总比较低调,不喜欢接受媒体采访,这个可以和客户商量下,是否可以改其他人选……"

看了3个方案,每个方案都漏洞百出,明珠忍不住说出重话:"再强调一遍,犯过的错误,我不允许再犯第二次,OK?"

走出办公室的时候,明珠又去打了一杯咖啡,在茶水间碰到沈妍,她本想放松心情说几句闲话,沈妍看到她,却一脸不自然。

明珠想起,自她升职以来,压力山大,为了服众,只想尽快做出成绩,不出任何纰漏留人口舌,好像已经很久没有和沈妍闲聊了。

她热情地打开话题:"咦,什么时候剪了短发呢?这个发型还真适合你。"

沈妍站起来,隔着距离说:"上周末剪的。"

一问一答,再也没有闲话。

明珠怀念从前的办公室友情,又说:"明天中午一起吃午饭吧?去那家你最喜欢的水煮鱼。"

沈妍犹豫片刻,婉拒道:"我最近喉咙发炎,要不改天约起?"

明珠会意,终于放弃。

她落寞地回到办公室,站在窗边叹气。

曾几何时,她有多羡慕这个办公室的风景,想象着坐在里面办公,无论遇到什么样的难题,也一定可以做到心情舒畅,说一句"办法总比问题多",便可以做到云淡风轻。

可是今日坐到里面后才知道,高处不胜寒。

她怀念从前坐到开放空间里,和大家一起并肩作战的日子,有说有笑,偶尔吵架生出怨恨,但也可以很快忘记。

可是,随着她搬到大办公室,空间的距离成为心理的距离。她们很难再亲厚。

明珠想,人和人的友谊真是脆弱,随着各自身份、地位、现实状况的变化,能交谈的内容、分享的心情也在变化,所以才说,每个人只能陪你走一段。

明珠无奈地摇摇头,转身收拾好电脑,拿出化妆盒补妆,由不得她多想,今天晚上是IU人工智能公司的年度答谢派对,她还得赶去现场确保万无一失。

这边回到办公桌的沈妍想的却是另外一回事。

和她一起吃饭?这饭得吃得多煎熬?

沈妍不是不怀念曾经的友情,可是,想一想还是算了!太热络了,好像在笼络她;太疏离了,又怕得罪她。左右都不是,何必给自己找罪受!

沈妍早已认定,明珠已经不是她认识的那个明珠,此时此刻,坐在那间宽敞明亮的向阳办公室里的,是王明娜的另一个翻版,不过是身形样貌的区别而已。

沈妍摇摇头,翻开电脑,又看到大家在私底下吐槽。

"简直了,我真没有见过这么苛刻的老板……"

"什么都管,我觉得我们干脆都不要干活儿了,就让她一个人干吧……"

"我受不了了,我今天下午要请假……"

沈妍轻轻呼出一口气。

她也想为曾经的好友说几句好话,可是从她的角度看过去,她更能理解她的伙伴们。

她甚至怀疑,是不是那间办公室有什么魔法,会把一个善解人意的好姑娘变成一个张牙舞爪的女巫。

晚上 9:00,IU 人工智能公司庆功派对准时在夏末清凉的晚风中正式拉开序幕。

客人和嘉宾入场已毕,灯光突然全部黑掉,全场一片哗然。

紧接着,众人看到圆形舞台上三口洁白的牙齿和三套洁白的西装。

正诧异间,欢快深沉的爵士乐响起来,全场爆发出激烈的欢呼声。

灯光大亮,众人才看清楚,演奏的是三个光头黑人乐手,只见他们一边扭动腰肢,一边演奏乐器,动作协调,形象统一,成功为今晚的派对定调。

有人开始随着音乐跳起热舞来,有人开始举杯狂饮,有人谈笑风生……身穿紧身旗袍、烈焰红唇、烟视媚行的女服务员扭动着腰肢穿梭在人群中,为复古的 20 世纪 80 年代怀旧布景增添更多气氛。

明珠在 10 分钟之前到达现场,看到此情此景,长长呼出一口气,终于放下心来。

这个活动准备了将近三个月,方案提交了十几个版本,甲方才定下来,执行中又因为各种细节问题多次复盘,但功夫不负有心人，此时此刻看到整个会场气氛、各种鲜明符号，明珠已想到明日各大社交媒体的头条。

正要找一杯酒放松一下神经，电话突然响起来。

"老板，我正在见《金融周刊》的李记者，他要发一篇关于GV集团的文章，全篇负面，GV集团的公关部急得团团转，要我们一定加急处理。"打电话的是明珠的下属王阳。

明珠立刻找一个安静的角落仔细盘问细节，末了，她问："你打算怎么处理？"

王阳说："既然对方答应见面，我想他是有需要的，他要什么我就给什么，只要不是狮子大开口就行。"

"《金融周刊》的记者在行业内是出了名的严于律己，他不见得是想要什么，这样处理有可能激怒他更快发稿，发我地址和稿件，我立刻赶过去。"

在车上，明珠刚浏览完稿件，微信上已收到GV集团公关部负责人发来的数条语音信息，一顿安抚后，客户终于安静下来。

到了媒体人聚集的W酒吧，王阳已经等在门口，焦急地说："李记者看着脸色很不好，感觉大事不妙。"

明珠顺口回她："不妙是正常，妙了就没我们的事了。"

明珠看见李记者，马上堆出一脸的笑容来："李记者，好久不见啊。"

一丝不苟的李记者看见明珠，礼貌地点点头。

明珠一眼注意到李记者浓重的黑眼圈，想起刚在路上查过的记者档案，立刻有了适当的开场白："李记者，听说您孩子刚出生不久，最近很累吧？"

这句话一下子顺利打开话题，李记者按按额头，疲倦的神情放松下来："从没有想过养一个孩子会这么劳神。"

"睡眠很受影响吧，不过，终究是一件痛并快乐着的事。"

"那倒是呢，看着白白胖胖一个小小人，再累也值得呢。"李记者又精神起来。

明珠立刻把话题聚焦在主题上："李记者，我读过您的那篇文章了，写得非常有洞察力！"

"本来有几个人物我还想采访，但是没有联系到。"

"现在的记者都太浮躁了，写出来的东西一点都经不起推敲，还是得看资深记者的报道，才能学到东西。"

这几年新媒体开始和传统媒体竞争，传统媒体人受到的尊重和认可大不如从前，听了这番话，李记者立刻和颜悦色起来，说："还是得有点职业精神的，现在年轻人写的东西呀，一言难尽。"

明珠趁热打铁："您写的行业问题非常犀利，数据充足，现象具体，论证充分。"

"其实还有些资料想要写进去，但是篇幅受限。"

"还有一点，我有点不同的看法，您看这个企业创新能力和业绩发展能力，这样写还是有点偏激的。今年 GV 的财报出来后我们做了对比，虽然增长放缓了，这是因为 GV 进入了平台期，而且投入了巨大的精力来孵化新产品，这个新产品会成为后续公司推出的主打产品，也会成为新的增长点。"

李记者的职业素养马上发挥了作用，好奇地问："是什么样的新产品呢?"

"其实我们在这个阶段还完全没有准备好透露给媒体呢,但是看李记者这样敬业,要不我和甲方商量下,安排你直接去公司体验下产品,还可以直接采访产品负责人,收集更多资料,至于怎么写,我们只求实事求是就可以,您看呢?"

李记者已经把头点成了小鸡吃米状,向明珠道谢:"我确实希望能采集到更多一手资料,非常感谢能帮我牵线。"

明珠正要端起酒杯和李记者碰杯,电话响了起来。

同事王蕊在电话里语无伦次地说:"老板,现场出事了,你在哪里?"

明珠一颗心马上提起来:"慢慢说清楚,我马上回去。"

她一边匆忙和李记者告别,一边往外走,等到坐到车子里时,已经搞清楚事情的来龙去脉。一个客人穿了十几厘米的高跟鞋跳舞,大概是酒喝多了,人没有站稳,一下滑倒在地上,伤了膝盖,怪组织方没有擦干净地上的水,无论如何道歉都没有用。

在车上明珠发信息给王阳:"给李记者1000块的红包,就说是恭喜孩子出生的。"

王阳疑惑地问:"我看李记者还是挺敬业的,不像是拿红包的人。"

明珠回复她:"按照我说的做就行了,他的袖口有磨损痕迹,生活一定拮据,又刚生孩子,一定缺钱,点的酒都是最便宜的鸡尾酒,因为不知道我们会不会买单。而且他能被我说动,证明性格并不是不知变通。"

20 分钟后，明珠已经赶到现场，她一眼看到有些人聚集在一起，三步并作两步走过去，看了几分钟，不禁倒吸一口冷气，事情比想象中更棘手。

只见一个 30 多岁的瘦高女人，穿着十几厘米的高跟鞋和华伦天奴的紧身裙子，手里拿着一个爱马仕小包，仰着头坐在沙发上发号施令："找一个能管事的人，这个事情如果不能妥善解决，我绝不会善罢甘休，我一定会在媒体上报道你们的。"

旁边她的一个朋友也附和着说："发生在你们场地的事情，肯定是你们的责任。"

活动经理晨莉站在旁边小心翼翼地赔礼道歉："您看这样，我带您去医院做个检查，如果有什么问题，我们负责赔偿，好不好？"

对方气焰嚣张地说："我要你们赔偿精神损失费，我们今天本来是要好好玩一下的，兴致全没有了。"

明珠默默吩咐王蕊去签到处查看两位女士的背景信息。

不一会儿，王蕊回来了，说："是《ZQ 时尚》的记者。"

"拿支笔和纸给我。"

王蕊不明白老板的意思，反问她："只要纸和笔吗？"

明珠"嗯"一声。

明珠拿到纸和笔，在上面写了一行字，然后拿着纸笑吟吟走过去。

她自我介绍道："您好，我就是负责人，是 ME 的总监万明珠，您刚才的要求我都听到了，我觉得非常合理，若是换了我,我也非常生气。本来是花费时间、精力,装扮好来嗨一下的,这下子好了,有可能明天都不能正常上班,我们同意付精神损失费,你看,这个数字可以吗?"

晨莉在一边吃惊地看明珠。

对方的情绪稳定下来,又狐疑地拿过纸条,一张方才还嚣张的脸立刻拉长了,她盯着纸条看了一会儿,再抬起头来,已经带了几分厌恶,她说:"行,我同意了。"

明珠转身安排晨莉带着客人去看医生,特意嘱咐:"一定要做检查,保证无误。"

晨莉带着客人离开,现场终于恢复秩序。

明珠正要打电话给陪着李记者的王阳,晨莉气呼呼走过来,说:"万老板,我不同意这样处理,对方明明在勒索,为什么要同意?即使为了保障甲方利益,也不能这样迁就无理取闹的人。"

今晚,明珠对几位处理事情不周到的下属已经心生不满,看到晨莉这样抱怨,索性就此机会教育她。

"我问你,做公关最重要的一条是什么?"明珠抱着双臂,看着下属眼睛。

晨莉抵触地说:"让客户满意。"

"错,是察言观色!"

晨莉的嘴巴噘起来,表示出明显的对立。

明珠说下去:"你没有注意到她的包包是爱马仕,她的裙子是华伦天奴,她的鞋子是周仰杰的吗?"

晨莉终于忍不住,小声嘀咕:"我没有那么势利!"

"是，你没有那么势利！你以为这是好事？"

晨莉忍不住冷笑。

明珠继续说下去："你还没有注意到她脚上的周仰杰高跟鞋是十几厘米的，而真实的周仰杰鞋子只有三种尺寸：10厘米、8厘米、6.5厘米。"

晨莉脸色一下子放缓，微微吃惊地看着老板。

"这证明，她身上所有的行头都是冒牌货。你以为我真的写了一个数字赔偿她？我是写了一句话，告诉她我都看出来了。今天到场有多少记者？我如果揭穿她，她以后如何在圈子里混下去？"

"所以，你要挟她？"

"是，我是要挟她，但这个前提是她勒索敲诈。"

司机来叫晨莉出发，她带着一脸厌恶离开。

这个时候，她收到王阳信息：李记者收了钱，还说，会好好做这篇报道的。

明珠彻底放下心来。

她又在微信上给晨莉留言："确保做过检查，拍下证据，否则后患无穷。"

明珠看看表，已经快要到12:00，明珠想整个派对的高潮马上要开始了，她整理下心绪，正要往里面走，电话响起来，是她的母亲。

明珠接起电话，听到母亲无奈的声音传过来："明珠，你弟弟的学校要组织暑假去美国游学，需要20000块的报名费，同学都去，也不能他一个人不去，妈妈手上没有，只能求你了。"

明珠冷冷地回答:"我一分钱都不会给你。"

明珠挂断了电话。

王蕊从后面跑来找她,正要喊她,听到这句话吓得倒吸一口冷气,心想:真是一个大魔头。

看她挂了电话,才瑟瑟走上前提醒她:"万总,高潮部分马上要来了。"

明珠点点头,两个人一起走进去。

12:05,整个会场随着著名乐队新衬衫的出场而沸腾起来,人群跟着乐队开始摇摆,有人喝醉了,软绵绵地滑倒在沙发上,但手扬起来对着空中摆出一个叫好的姿势,还有几个人跟着乐队大声唱起来,显然是资深乐迷……

"不错,要的就是这个效果,甲方这回一定满意了。"明珠冷冷地说。与现场狂热的气氛形成鲜明对比,一旁仰着头喝酒的王蕊只能"嗯啊"一声应付老板。

明珠嘱咐几句派对收工事宜,朝门口走去。

下属王蕊终于吐出一口气,可以放心玩耍一下了。

在车上,明珠头一靠后座,就被一阵强烈的睡意包裹。

奇怪的是,她突然看见她的老板何辰佑。

她叫他,他站在一张书桌前,背对着她,却始终不肯回头,也并不应声。

明珠焦急地问:"老板,为什么不理我?连你也不理我了吗?"

何辰佑一动不动。

明珠又问:"老板,你知道吗?他们在背后都叫我大魔头。"

何辰佑终于开口："明珠，你走得太远了。"

话音刚落，他的身影离她越来越远，明珠本能地追过去，可是，顷刻间，何辰佑的背影就消失得无影无踪，正着急间，她醒了过来，发现自己仍然在出租车上，有冰冰凉凉的东西自面孔滑落，明珠用手一摸，竟然满脸是泪，她做噩梦了。

凌晨1:30，明珠洗完澡，站在浴室的镜子前看自己。

她一直在想出租车上的那个梦。

我真的走得太远了吗？明珠问自己。

两年多的时间，发生了那么多事，她已经变得面目全非。

明珠已经记不起两年前自己的样子，她努力搜寻记忆，但记忆顽固抵抗，拒绝了她。

明珠好像迷失了自己，她好不容易找回来的自己又在众人质疑的目光中变得面目全非，她忍不住双手捂脸，轻声哭泣。

明珠已经不记得多久没有哭过，生活把她变成了铜墙铁壁，铁骨铮铮。

13 出乎意料的一夜成名

安匠的广告项目终于进入拍摄阶段。

导演又开始耍大牌,突然说自己时间调整不过来,要求项目推迟两天。

项目经理是一个和明珠一样大的姑娘,叫杨艳,挺着3个月的肚子仍然每天加班加点,操碎了心,听到这个消息几乎要晕过去,现场和幕后前后有20多个人在这个项目上,说推迟就推迟,怎么可能?

她在电话里快要哭出来了,可是导演一直坚持。

杨艳没有办法,只能求助明珠。

明珠想起自己和导演一起工作的那几个日夜,发现他一方面心高气傲、自尊心极强、艺术家气质浓厚,另一方面,又很爱财。

"他的合同签订了吗?"明珠问。

"合同签了,但他盖完章还没有寄过来。"

明珠一想,大概明白了,压着合同,又赶着时间,这是要坐地起价。

"你去打听,行业内和他资质背景相近的导演谁有时间?"

杨艳马上开始打电话。

明珠顿一顿,拨通了导演的电话。

导演一听是明珠,立刻了解这通电话的意义,他以为他设想得滴水不漏。

"导演,我听杨艳说您时间安排不开是吧?"

"实在不好意思,我也为难。"

"我十分体谅导演的困难,我是这么想的,我们年底还有一个大片在准备拍摄,如果导演愿意,我会优先向老板推荐您,这个项目还麻烦导演给我们腾挪时间;如果实在不行,那我也能理解导演的困难,我们只能再找其他导演帮忙了。"

"明珠,不是我不帮忙,我再和团队商量下,尽全力协调。"这名40岁的导演心里想,当我是3岁毛孩?这么短的时间找新导演启动拍摄?首先甲方同意不同意就是一个大难题。

但明珠接下来的反应让他大吃一惊。

"导演,那这样,前期您不也投入很多精力了吗,哪里能让您白操心,您先和杨艳计算一下,看我们如何和您结算,先做个准备。万一,您时间不够,该付的款我们一分不差;万一,您时间够呢,那就不用这么多事了,是不是?我等您一天时间。"

电话挂断了。

导演在忐忑了一个上午后,已经自乱阵脚。

还没有等到第二天,他就好声好气地主动把合同寄了过来,并且拍着胸脯说:"咱们是长期合作关系,无论如何,我都确保时间拍摄。"

项目经理杨艳本来正心急如焚地四处联络备选导演,谈了4个下来,并没有找到各方面符合条件的候选导演,收到这个消息,立刻长长呼出一口气。

她到这个时候,真正开始佩服这名同龄的女上司。

做事情手起刀落,思路清晰,又狠又准,她今日见识了,也学到了。

下午,在给明珠汇报项目安排时,她见缝插针地问:"您真打算把下部片子给这个导演做吗?"

明珠一边浏览电脑上的文件,头也不抬地说:"不会,这已经不是他第一次坐地起价了,这样的人会因为钱要挟人,也会因为钱努力干活,不知道什么时候会因为钱撂挑子,这个项目是我们和他合作的最后一个项目。"说到这里,她像是想起了什么一样,又交代下去:"杨艳,你仔细核对下和他的合同,尾款一定最少要保持在40%,以防万一,把钱放在第一位的人,就要用钱来控制他。"

杨艳说:"目前是20%,要改吗?我担心他不同意,又出什么幺蛾子。"

"这次不会了,就说我们法务部的新要求,去年出了烂尾项目,今年一律按照尾款40%处理,另外,和法务商量,加大违约金的分量,这个也明确告诉导演,让他相信,只要片子不出问题,付款一定不出问题。"

杨艳担心地问:"这样可以吗?"

明珠说:"你试试。"

杨艳奇怪一天之内,这个40岁的大男人呈现出的两张极端的面孔。

就在早上,他还高高在上、态度傲慢,寸步不让,可是,12个小时还没有过,他就变得随和体贴、善解人意,态度甚至有些卑微。

杨艳当即感慨自己道行太浅,怪不得她只能和众人坐在外面。

但是,让杨艳头疼的问题还在后面。

拍摄当天。9:00拍摄,7:00开始搭建场地和器材。有着3个月身孕的她睡眠不好,加上一脑子工作问题,天刚蒙蒙亮,就迫不及待起来洗漱。

老公在一边埋怨:"你们公司真不人性化,让一个孕妇操心这么多。"

她是这样回复的:"也不是,正是忙季,昨天隔壁的同事带着脊柱套来上班,我们老板快要住在办公室了。"

说到她的老板,杨艳老公突然有了兴致。

"话说你们那个年轻的女老板和你们约翰张……"

"没有的事。"杨艳立刻打断老公。

"那么年轻,却当了总监,长得又漂亮,很难让人相信是靠自己。"

杨艳因为怀孕,一直在思考女性与职场的关系。她深深地感到了职场对女性的不公平,比如她,今年她的业绩表现很不错,本想着明年应该可以升职,可是马上要生孩子。孩子生下来再回到职场,又是半年之后了,那时候,她担心能否保住目前位置,更别谈升职,再想得长远些,孩子生下来,保姆是肯定要请的,可这生活压力又增加了,而且,自己也不能全身心投入工作,升职加薪更是越来越远。

想到这里,她叹了口气。每次和老公说起这些事情,老公总是心不在焉地敷衍她:"车到山前必有路,办法总比问题多。"

她听了就觉得泄气,必有路的意思一定是牺牲她的工作。今天,听到老公八卦她的老板,她突然就打抱不平起来,不单是为了她老板,也是为身为职业女性的自己。

她气鼓鼓地说:"奇怪了,女人只要长得好看点,又能干,大家就都以为她靠了男人走到这一步,难道她每天加的班、付出的时间和心血就全都埋没了?英俊又能干的男人有没有人怀疑他是靠了一个位高权重的老女人?"

老公看杨艳面色不好看,一时不知道这气是自哪里来的,求生欲爆发,赶紧哄她:"我就随口一说,你可别较真,再说,这样怀疑也属正常,我应该和很多人想的一样。"

杨艳看了一下表,不想再多争辩,拿着浴巾走进浴室。

今天她有一场硬仗要打。

明珠没有想到,这样一个稀松平常的早上,有同性曾经为她说过公道话。她若是知道,必定会感动得一塌糊涂。

从升职的多半年以来,她遇到的诽谤、误解、诋毁简直超过了她前半生所有的遭遇。虽然不过是一家国际公司里的一个总监职位,但她深深地体会到了那句话:"欲戴王冠,必承其重。"

来自异性的诋毁不过是质疑年轻能干的漂亮女性是不是在走捷径,来自同性的诽谤才是最可怕之处,"异性相吸,同性相斥"是亘古不变的真理。

男性永远很难理解,一个好看、能力出色的女子所要面临的同性压力。所以,今天有同性能为她说几句公道话,是真正的难得。

8:30时,明珠刚刚自床上爬起来,头晕沉沉的,感冒好像还没有大好。

但今天她可以晚点去办公室,所有项目都在按部就班地执行,她终于可以喘一口气。

洗澡的时候,她想,或许今日可以早点下班,约笑笑吃个晚饭。但又转念一想,笑笑最近处于恋爱蜜月期,她还是不要当电灯泡的好。那约苏宁喝酒呢?又想,不行,苏宁在上海出差。

明珠失望地发现,除了办公室,她好像真的没有地方可去。

工作让她充满征服世界的成就感,也让她温情的一面没有机会流露。

正在胡思乱想间,电话响起来。

她接起来,对方立刻一通脾气发过来。

"你们有没有搞错,犯这种低级错误?现场现在无法拍摄,我的三地嘉宾全请好了,你们让我怎么办?"是甲方的项目负责人王琴。

明珠立刻意识到项目出了问题。

她先安抚对方情绪："王琴,你别急,肯定会有办法的。究竟出了什么问题?"

这个电话打来的时候,早上为了她争辩的女下属正在现场急得抹眼泪。

7:40出门的她,在路上已经给搭建的摄影师、灯光师等人点好了快咖的咖啡,好让大家元气满满地开启紧张的一天。

快到现场时,她还在设想美好的画面:各项工作已接近尾声,大家看到她露出热情的笑容。

她没有想到的是,等待她的现场,是一团需要解开的乱麻。

导演看到她,如获救星,劈头就问:"怎么办呢?隔壁正在年会彩排。"

她才注意到隔壁如雷贯耳的彩排声音。

导演为了撇清楚自己,首先表明:"昨天现场还好好的呢,这是意外,谁都想不到。"

杨艳整个人开始蒙掉,这种噪声,根本无法正常拍摄。

她问:"有没有看过其他地方,是否适合拍摄。"

导演说:"看了,没有合适的地方。"

杨艳正急得像热锅上的蚂蚁一样,甲方已经气势汹汹地来了。

"你们怎么搞的?我们请的可是当红流量演员,人家时间是千金难换的,由于我们的原因造成时间延误,对方是不会迁就我们的!"

杨艳一个劲地道歉，又赶紧跑去隔壁协调，希望事情出现一丝转机。

甲方负责人一看她手足无措的样子，心想多说无用，不如找她们老大，于是一个电话打给了明珠。

这边，明珠了解到实际情况，一颗心提到了嗓子眼，但她的职业素养不容许她慌乱，她立刻说："王总，这样，这个问题我马上解决，如果解决不掉，一切损失我们负责！"

对方听她这样一说，紧绷的神经立即稍微得到舒缓，但问题终究是问题，又施加压力，说："赶紧想办法解决问题吧！"

明珠挂断电话立刻叫车，她头发都没有吹干，以迅雷不及掩耳之势换好衣服，立刻出门。

在车上，她在手机上查到酒店的行政部电话，几番折腾后，找到行政部经理，希望能协调一间适合拍摄的会议室。

酒店行政部经理刚上班，身体在办公室，心思正在担心家里孩子的小升初成绩，听到客户需求，立刻应承下来。但她并没有及时体会客人处境，把情况大概吩咐给属下，就坐在工位上继续神游了。

明珠等了几分钟，看对方没有回电，心下一思忖，又拨电话过去。

"我是刚给您电话预订拍摄会议室的人……"

"我知道，我们已经安排……"对方略显不耐烦。

"安匠集团是你们的老客户吧，我听说他们上周才预订了一波闭门会议在这里，我们这次是为他们拍摄的。"

对方听到安匠集团如梦初醒，立刻说："您别担心，我

10分钟后给您回电,据我所知,安排这样一间会议室不成问题。"

明珠放下心来,她笑着说了声谢谢。

挂断电话后,她立刻掏化妆包开始补妆,走得太匆忙,幸好还涂了一层乳液,否则妆都不知道怎么上,太丢人。干她们这行的,衣服行头和精神面貌也是专业的一部分,几年工作下来,明珠早已养成了在出租车上化妆的习惯。

刚涂完口红,电话打过来了,酒店行政经理客气地说:"会议室已经为您安排好,价格的话也可以按照安匠集团的规矩来,给您打个八五折。"

明珠对价格仍然有意见,但想到还没有见到实物,了解信息也有限,当务之急是保证拍摄进度,就答应下来。

几分钟后,不到9:30,她已经冲到了拍摄场地。

眼前的一片颓败沮丧景象还是让她吃了一惊,有人在哭,有人在叹气,有人拉长脸坐着看手机……好像打了败仗,溃不成军,明珠看了就有气。

杨艳急匆匆跑过来,正要解释,明珠严厉地瞪了她一眼,她已感到老板的寒气。

明珠脱下风衣,扔下包,开始收拾烂摊子。

她指挥杨艳带着导演去找行政经理看场地,指挥搭建团队准备搬迁,指挥甲方和演员说一声,到了后要先看看整个脚本,又指挥下属去买果茶之类,让演员到了可以休息一下……

半个小时后,一切安排妥当,发现竟然多出20分钟时间,明珠立刻找人订盒饭，让现场工作人员先吃饭再干活儿。

大家到这个时候，发现这个年轻漂亮的女领导不仅处理事情水平一流，而且体贴周到，心里都相当服气了。

拍摄终于正式开始。

明珠松一口气，这才发现，自己竟然从早到晚，水米未进。

她准备到酒店餐厅充饥。

出来后，迎面看到王琴，疲惫的脸上立刻露出了职业的微笑。

王琴对这名比她还小几岁的女老板的做事水平相当认可，手里拿了几块提拉米苏送过来："明珠，我特意给你拿的，还没有吃饭吧？"

"呀，我最喜欢这个蛋糕，你真是细心。"

两个人找了一张桌子坐下来。

"今天真是对不住了，等拍摄完毕，我一定会仔细了解整件事情的来龙去脉，不让这样的事情再发生，也是我没有细细把关，让甲方跟着操心。"

"早上真是让人担心，关键是这当红流量小生，能请来已是万幸，人家经纪人讲了，是特意抽出拍摄时间来的，准点拍摄准点走人，多出来的时间要另外算费用。"

"特别能理解，当时你给我电话还真是淡定呢，要是换了我，估计要哭了。"明珠顺嘴拍一下甲方彩虹屁。

这一招，她是和约翰张学来的，约翰张非常会夸奖人，既不会直白得让人觉得虚伪，也不会婉转得让人听不出来。

早几年，她是做不来的，总觉得虽然做的是伺候人的行业，但总还是要凭着专业能力来说话，其余，尽量避开。但今时今日，她的想法又不同，说话做事本就是一个人专业能力的一部分，是无论如何避不开的。

她又听到对方终于聊到关键部分："明珠，你看这场地一换，又多出了几万块的费用，这个费用呢，我得提醒你，马克刘（她老板）肯定是不会买单的，毕竟我们申请的预算是固定的，这个在流程上也解决不了。"

明珠早已经料到事情会是这样，笑着说："明白的，这个你不用操心，我们来。"

王琴以为一定要和乙方掰扯半天，不承想，事情竟然如此容易解决，心上的大石头瞬间落地，人也不由得眉开眼笑。

"不过，王总，我得拜托您一件小事。"明珠说。

"你说。"

"据我了解，这家酒店是安匠的常年合作酒店，这场地费用一下子涨了几万块，其实我们内部预算也得想办法。我是这么想的，安匠的年会也马上要开了，不如我们以此为契机和酒店谈谈价格，我们打个比方，今天如果是安匠年会，我们问酒店要一间会议室，酒店应该也不会多收费用，但因为错了一周时间，就得另外付费。关键吧，酒店的会议室本来就空着的，用也一样，不用还是一样，你说是不是？"

王琴听完明珠这番分析，马上想起，培训部貌似今天就在三楼订了一天的会议，如果以培训部的名义来结算，顶多也就是加个几千块的额外费用，就当是培训部要求的会议室了。这个主意一说，明珠也跟着眉开眼笑。

王琴又给培训部高级经理打了几个电话，事情很顺利解决：酒店同意拍摄会议室由培训部来结算，多加 5000 元费用，然后由明珠公司以项目名义转给培训部。

本来要多出的 5 万元费用变成了 5000 元，明珠心下大悦，不由得吃下全部提拉米苏。

事实上，这件事情还有个下文。

一天，培训部的高级经理在开会，看到课件的设计和包装实在太过简陋，提出要找外部机构重新包装。

话说完后，突然想起欠了他们费用的 ME，于是对下属说："ME 公司好像还欠我们 5000 元，去问问他们，包装一套 PPT 需要多少费用？"

这一问，明珠的团队又多了一个长期的设计客户，还有，那个 5000 元的欠款，后来在两次会议以后变成了一个 15 万元的订单。

晚上 12:00，第一次拍摄终于结束。

大家清理完场地后，明珠长长吁出一口气。

送走导演和搭建团队，只剩下明珠和 3 名下属。

杨艳自知理亏，低着头说："我明明交代导演一定要看场地的。"

明珠本想第二天再盘查整件事情原委，赏罚分明，但这个时候忍不住火气，说："你交代导演看场地，那为什么最后变成了摄影师视频看场地？这是 400 万元的案子，不是 4 万元的案子。你难道不知道?"

这名女下属本来最近压力山大,再加上最近总担心职业前途,今天发生的事情又手足无措,简直对自己完全失去信心。

她的声音已经开始颤抖:"我也不知道导演会这样……"

明珠讨厌下属找借口,无论这件事情是不是导演的问题,但是出现问题,项目负责人首先要做的不是摘干净自己,而是勇敢地担起责任,再论其他。

明珠不耐烦地说:"你不知道,你不知道,那你作为项目负责人你知道什么?"

"项目执行表和细节都和您对过的。"

"你的意思是我的问题?"明珠的火气越来越大,她本来并无打算要处罚人,只是想让大家认识工作问题,获得经验教训,这样听下来,简直不是滋味。

"不是不是,我是说我该考虑的都考虑了……"

"好,就算这是个意外,但是解决意外的能力呢?项目经理难道不应该具备?"

气氛凝固下来,其他两个人屏息凝神,只希望此刻老板没有注意到他们的存在。

杨艳终于不再说话,低下了头……

明珠叫的车到了,她招呼也没打直接坐了进去。

在车上她头疼欲裂地思考起一个困扰了她很久的问题:好像自她升职以来,她的困难都不是来自客户和项目本身,最让她头疼的就是不得力的下属。

明珠觉得她得找时间和约翰张取取经,她相信,约翰张这个老狐狸一定能搬出百宝箱里的一件宝物来，传给她真货。

上床的时候已经是凌晨 2:00，明珠感觉身体已经被掏空，但大脑似乎仍然执意要工作，胸口隐隐发酸，她知道她在内疚。

一个孕妇管理这么大的项目，想必也是压力山大的，但与此同时，她又设身处地地想，如果是她自己，即使放在几年前，也不会出现这种情况，一定会事无巨细跟紧所有环节。这样想，她又觉得自己这么内疚是没有原则的表现。

没有容她多想，睡意已经侵袭了大脑，她睡了过去。

精神一经过起伏跌宕，特别容易疲累。

第二天醒来时，已经 12:00 多，明珠几乎从床上一跃而起。

第一个想法是找手机，现代社会，没有手机的人生就是没有开机的人生。

终于从沙发上四处乱扔的衣服下面摸出手机，但已经没电，明珠接上电源，利用开机时间去浴室洗漱。

她不知道，等待她的即将是一场比昨天更大的战役。

此时此刻，约翰张正阴沉着脸在办公室踱步。

事出重大又突然，董事会让他马上处理这个事情。

约翰张做这个行业已 20 余年，这是头一次，他要为自己的公司做危机公关。

秘书走进来，问："上午的会议……"

话还没有说完，就被他回绝道："今天上午所有会议全部取消。"

秘书正要说什么，看他少有的凝重脸色，吐了吐舌头，立刻退了出去。

他拿起手机，再次拨电话，这一次，终于接通了。

另一边的明珠正裹着浴巾一边擦脸，一边看信息，翻了几个信息后，脸色一下子凝重起来，她扔掉浴巾，坐直身子，一直看下去。

半天没有开机，她的手机已经被留言轰炸了。

约翰张的电话打进来。

"这不是你的风格，遇到事情就逃避吗？这是这一行最差的职业态度。"约翰张不是生气明珠捅了一个大窟窿，约翰张生气的是明珠的应对态度。

他以为她不知所措，所以选择了逃避。

到这个时候，明珠终于搞清楚发生了什么。

就在她睡过去的12个小时内，她已经一夜成名。

只是这名是一个穷凶极恶的丑名罢了。

昨天晚上，杨艳被老板给了脸色，心情非常郁闷地打车回家。

在车上，一天水米未进的她开始感到整个身体失去重力，她的头也开始天旋地转，紧接着她的下腹开始疼痛不已。

司机看见她挣扎不已，立刻掉转头开往医院。

还没有到医院，她的下体已经被鲜血染红，她吓得昏厥过去。

等到杨艳老公李刚赶到的时候，医生已经宣布，她小产了。

李刚痛不欲生，身为记者的他发誓要与ME公司，尤其是明珠决战到底。

他在网络上写了一篇长篇檄文，总体意思是 ME 公司为了商业利益，罔顾生命，不仅加班文化恶劣，而且对员工百般苛刻。以 ME 公司最年轻的女总监最具代表性，她竟然不顾下属怀有身孕的事实，不仅逼迫下属加班加点，还对下属进行人格侮辱，直接导致下属压力过大而流产。

李刚的这篇檄文在网络上一石激起千层浪，阅读量瞬间过 10 万 +，到上午 11:00 已经上了热搜，明珠成了众矢之的，她的微博瞬间沦为攻击的主阵地。

"明珠，你在吗？在吗？"约翰张在电话的另一头焦急地询问。

明珠只觉得天旋地转，整个人浮起来，在空中飘啊飘，四周所有的声音都在退去……巨大的悬浮感让她呼吸困难……

"你在吗？你在吗？……明珠，明珠……"

不知道过了多久，她终于站在了地上，听清了电话里的声音。

"老板，我在。"

明珠发现她的睡裤已经被眼泪打湿，慌忙拿起沙发上的浴巾来擦拭面孔。

她为一条生命的逝去感到刻心的疼痛和悔恨。

"这件事，你怎么看？"约翰张声音沉重。

明珠的职业素养终于开始发挥作用，她快速启动大脑，理智终于压倒情感，她恢复了自己。

"员工怀孕 3 个月，还没有进入预产期，完全可以正常工作，在法律上并没有问题，而且该项目一直由杨艳来负责，在我知道她怀孕的时候，曾经询问过，是否愿意调岗，被她拒绝。至于辱骂，我从未说过任何侮辱人格的话，但同事负责的项目出了问题，我也不能说话太过和颜悦色。"

"然后呢？"约翰张永远只关心如何解决问题。

"我会发出道歉信，但是之所以道歉是我对员工关心不够、考虑不周，而不是所谓的逼迫加班与人格侮辱。"

"你觉得这个够吗？"

明珠立刻领会老板的意思："表明后续我会反省自己工作态度，欢迎杨艳养好身体继续在组内工作。"

"还有，解铃还须系铃人，亲自电话李刚，直接道歉，表明对方如有需求，你都愿意帮忙。"约翰张早已经调查清楚事情的来龙去脉，想好整件事情灭火思路，"公司会在微博做出官方声明，向杨艳本人致歉，但辱骂员工和逼迫加班我们不会承认。你等公司微博发布后，直接转发表明个人态度即可。"

明珠"嗯"一声领命，关键时刻，她还是佩服老板永远考虑比她周详。

14 我是你们的假想敌

明珠早料到,李刚绝不肯轻易接受道歉。

他拒绝了任何实惠的要求,他要争取他认为的正义。

明珠枯坐了一个小时,终于想出了问题的症结:不如让他冷静下来,想一想,他所谓的"正义"究竟是否成立。

明珠电话苏宁。

"你和李刚是同行,能否找到一个和李刚要好的人,我想说明事情原委,他的话,或许李刚能听得进去。"

"我尽力。"

明珠知道,以苏宁的办事风格,有这句话就够了。

但是,人是找到了,话也传过了,李刚丝毫不为所动,他咬牙切齿地说:"我的孩子失去了,我作为一个父亲要为他报仇!"

他的微博粉丝迅速破 10 万大关,他笔耕不辍,更新不断,诉说着一个失去孩子的父亲的悲伤,让网友继续将矛头对准 ME 公司。

公司的竞标项目也受到影响,合作方开始对 ME 的职业道德起疑，公司内部其他项目组对明珠抱怨连连。

明珠的微博早已成为大家泄愤的渠道，谩骂声要多难听有多难听。

明珠拉下百叶窗，在沙发上躺了下来。

恍惚中，她又看到了那个一身白衣的小女孩。

小女孩用惊恐的大眼睛看牢她："为什么？为什么爸妈都不爱我？"

明珠摇头，小女孩站起来，抓着她的衣角一边哭一边纠缠："告诉我好不好？为什么爸妈都不爱我？"

明珠不知该如何回答，她捂着心口，呼吸困难，挣扎之间，醒了。

她坐起来，用手捂着脸，疲惫不堪。

她发现埋在骨子里的那种"原罪感"又开始折磨她。

她环顾这间办公室，这是她的斗室。

自从搬进来后，她好像没有一天悠闲地享受过这里的风景，她坐在这里和坐在任何一个地方没有区别，因为她的心永远在一个个项目上，没有人逼她，是她自己想要赢。

可是，平心而论，她为难过下属吗？辱骂过他们吗？牺牲过他们的利益吗？

到这个时候，另一个声音又开始讲话：没有的，明珠，你一直只希望他们能跟上你的步伐，你说话也许严厉和不近人情，但也从未辱骂过他们。

我有不顾杨艳的身体不适，一心只追求工作顺利吗？

另一个声音：没有的，当天意外太多，你力不从心，无暇顾及。而且,你为大家点了外卖,杨艳为什么没有吃?还有,项目正常开拍以后,杨艳是有足够的时间休息吃饭的。

那么,网络上被攻击的那个恶毒的、不择手段的女巫婆是谁呢?

另一个声音:那不是你,是别人的"假想敌"。

这场对话让她突然有所领悟。

尽管事情发生以后,杨艳再也没有回复她的微信和电话,但她相信她的关心已经被看到了。

"杨艳本人的态度才是关键,她未必所有事情都听老公的。"明珠心想。

以她对杨艳的了解,她虽然能力和悟性都一般,但是勤奋努力、善解人意,渴望事业进步,做事认真。

明珠打了一下腹稿,在微信上给杨艳留言,总体意思是,她能理解杨艳失去孩子的心情,希望能尽自己所能给予弥补,她也为自己的疏忽感到非常自责,希望能与她共渡难关。

没有回复,明珠沮丧地坐在角落里,她低着头,双手插入发间,整个人疲倦不堪。

紧接着,事情完全失去控制,热度刚刚下去,又被微博新发起的"抵制996加班文化"带入舆论中心。

约翰张的压力也越来越大,总部已经开始过问这件事情,希望尽快解决,以确保公司名誉。

约翰张想,是时候拿出自己的撒手锏了,他准备利用媒体力量,将事情引导到另一个方向:作为加班文化盛行的乙方,该如何保证员工利益?

但是，还没有等他下手，事情出现另外转机。

那几天，失去孩子的杨艳整日呆呆地躺在床上，心灰意冷。

悔恨让她懒得看这个世界一眼。

善良的人不会怨恨他人，他们习惯于伤害自己。

她恨她自己，她恨自己没有照顾好腹中的孩子，她将整个事情的悲剧归咎于追求完美的性格。

一直以来，她对自己严格要求，希望自己能在事业上有一席之地，像她的女上司。这种迫切的需求感在即将拥有孩子前，在即将迈入30岁的关口之前显得尤为迫切。

她希望自己除了是一个母亲，拥有幸福的家庭之外，还是一个成功的职业女性，成为孩子最好的榜样，她相信以身作则才是教育最好的方式之一。

这几天，她无数次地回想起那个场景。

女上司问她：杨艳，项目马上要进入执行阶段，考虑到你刚怀孕，怕影响你身体，是否先调一个较为清闲的岗位给你？

那时那刻，她下意识地想：才怀孕就要调岗，那我生完孩子回来，是不是就没有岗位了呢？

她马上回绝了老板的提议：您不用担心，我看隔壁项目组的王西西，最后一天都在岗位上呢，我身体素质一向很好，不成问题的。

女上司迟疑一下说："也行，你若是需要休息，随时和我说。"

杨艳立刻说："没有问题。"

她的一颗心终于归了位。

可是，怎么就这样轻易地流产了呢？杨艳苦思冥想，她的身体一直很好，并没有任何超出正常孕妇的征兆。

一定是那个早上发生的意外太多，紧张所致。

为什么自己就不能考虑得周到一点呢？为什么自己明明有时间就不能好好吃饭呢？即使没有胃口，可是还有孩子啊。

那个时候，她被自责控制了，那个错误让她差点闯了大祸，也让她对自己失去信心。

就这样，她躺在床上流了两周的眼泪。

关键时刻，是她追求上进的本能拯救了她，她不能就这么在悔恨中浪费时间，她要振作起来，弥补这个错误。

那天下午，老公回到家，看到她做了一桌子菜在等他回家吃饭，忍不住湿了眼眶。

他心疼妻子。

这些日子，他每天看到躺在床上一动不动的妻子，就觉得心口疼痛，与失去孩子相比，他更害怕的是失去妻子。

他越是心疼妻子，就越是痛恨 ME，越是痛恨就越想报仇，他以笔为剑，挑起了这场战争，并发誓要让 ME 承受应有的损失。

但是，今天，他的妻子得知了他的所作所为，给出了让他吃惊的意见。

"停止吧，老公。"杨艳温柔地说。

李刚立刻抬起头来，诧异地看着妻子。

"老公，是我的错。"

李刚决绝地说："怎么会是你的错，从始至终，你没有任何错！"

到这个时候，杨艳把自我悔恨的所有语言对老公说了一遍，把那个反复在脑海中出现的场景又描述了一遍给老公听。

让她吃惊的是，这番诉说产生了强大的自愈力，说完后，她整个身心都轻松了，她好像在这样的诉说中真正原谅了自己。

对面的老公沉默了，低着头吃菜，但吃着吃着，突然哽咽了。

到这个时候，他也终于接受了这个事实：无论如何，他们的孩子也不在了。

接下来的几天，李刚停止了更新微博，热搜终于下来，约翰张和明珠都长长吁出一口气。

明珠在相熟的酒吧请约翰张喝一杯。

"老板，谢谢你，一直都支持我。"

"不用谢，这是我应该为下属做的。"

到这个时候，明珠已经觉得她可以为约翰张上刀山下火海了，即使这样，也不一定能还清约翰张的人情。

"我其实很好奇，如果李刚继续闹下去，您准备怎么收场？"

"这话不是应该我问你吗？"约翰张反问明珠。

"我的方案是把问题交给时间,热度总会下去,人们会被新的热点吸引,人群是很健忘的。"明珠一五一十地说。

"但如果时间足够长,即使热度下去,品牌伤害已经造成,我们也承受了损失。"

"那您以为?"

"我已准备好微博话题,将事情引向一场大讨论:孕妇是否该继续工作?"

明珠又学到新招,立刻佩服地和老板碰杯。

但是,一天之后,他们就会知道,这顿酒喝得太早了。

有人在微博上爆出后续话题:明珠在办公室行事专断,谩骂员工,并曾以不光明手段挤走上司。

话题又开始发酵,明珠又上了热搜。

明珠只觉一阵胆战心惊,最近一年职场路走得太顺,这几乎是反噬。

转眼间,她又从网民眼中压榨下属的"女巫婆"变成了靠美貌上位的"心机婊"。

她看着那些和她互不相识的人将最恶毒的语言发泄在她身上,开始是愤怒,后来是不解,到最后是漠然。

他们说的那个人不是她,是他们平凡生活中的假想敌,总得有个敌人,才能让那些没有实现的事情有了借口。

换句话说,明珠突然理解了这些谩骂。

她以职业素养查看小号内容,是谁呢?看着看着,突然脚底生寒,全身血液仿佛瞬间凝固。

那天下午，她喝了一大杯黑咖啡，镇定精神，打开手机录音，叫晨莉来办公室说话。

那时那刻，晨莉正在查看媒体内容反馈，收到老板信息，极不情愿地甩了一下鼠标，然后气鼓鼓地抱臂靠在椅背上。

自明珠搬到那个办公室，她只去过3次，是的，她细想一下，就是3次。

与其说她不想去那间办公室，不如说她不想看到办公室后面的那张脸是明珠。

她不知道自明珠坐进那间办公室，为什么会突然之间变成另一个人，好像她从未认识过她一样，这种感觉，让她十分悔恨，当初送她进那间办公室的人竟然也包含了她自己！

还有，拿下了安匠的案子，为什么只有她明珠一个人受益？为什么整个团队升职的人只有她？

正思考间，又看到微信在闪烁，明珠在催促：尽快哈。

晨莉吐出一口气，换上另一副脸，站起来。

明珠气定神闲地坐在办公桌后，看着晨莉一步步走过来，她曾经是她在办公室里的第二位好朋友。

奇怪，明珠发现她看人真是不准，为什么以前觉得这个姑娘心直口快、心地善良，是职场好朋友？分明两眼带刀，眉宇间全是不服气，额头间一个明显的川字纹更是显得整张脸都有戾气。她甚至想起了几年前的那件事：晨莉为了升职，给王明娜送了一件貂皮大衣。

晨莉在明珠对面坐下来。

明珠推一推准备好的黑咖啡，说："加了一勺糖，你一直是这个习惯。"

晨莉有些意外，说声："谢谢。"

"我记得一年前，我和你做案子累了，经常相约一起去打黑咖啡，然后叫上沈妍在阳台上偷懒20分钟，吐槽一番，又活蹦乱跳了，那个时候，真是开心。"

"过去的事情，我不记得了。"晨莉心想，你越是这样，我越觉得你虚伪。

"你提醒我了，此一时彼一时。"

晨莉低着头，不说话。

明珠坐直身子，今天这场谈话，让她觉得身心疲累，比要拿下一个案子更让她累心。

"为什么要这么做？"她单刀直入。

晨莉一怔，但仍然低着头，又镇定地问："什么？"

"我问，为，什，么，要，这，么，做？"明珠光火。

晨莉一惊，她很少见她如此动怒。

"我真的不明白你指的是什么？"

"为什么要用小号编造事实污蔑我？"明珠看着她的眼睛。

晨莉终于抬起头来，是摊牌的时候了。

"明珠，我污蔑你了吗？你为什么不反省自己？你真的变了，以前你总是反省自己的。"晨莉情绪激动地说。

"第一，我如何得到总监这个职位，你亲自见证一切，我哪里有不光明手段？我和约翰张如果有什么，也请你拿出证据来。第二，我何曾辱骂过同事？我作为一个上级，也许管得过细，但我有权对不合格的工作提出批评，是不是？"

"明珠，即使这方面你没有问题，可你不能忘恩负义！"

"什么意思？"

"当初，是我们组内所有人把你推到王明娜的位置的，可是，你是怎么对待大家的？第一，你像变了一个人一样，姿态高高在上，每天逼迫大家按照你的高要求来工作，好像一夜之间，所有人都不合你的意了；第二，拿下安匠的案子，所有人都熬夜加班三天三夜，不是只有你一个人，为什么升职加薪的只有你一个人？"

明珠突然看到事情的另一面，原来从大家的角度望过去，事情还可以这样理解。

明珠叹口气："我和约翰张约定，如果今年年底我们组业绩表超过去年的50%，他可以给我们争取两个升职名额，这就是我能为大家做的，也是因为这个，我才这样逼迫大家。"

晨莉冷笑一声。

"难道这不是为你新官上任三把火来做业绩？我不是三岁小孩，你怕其他部门总监都不服你，事实上也确实是这样，因为你可是 ME 最年轻的总监。"

明珠看着晨莉，这是她认识晨莉以来，见到她最丑恶的一面。

明珠张开嘴想分辩，但最终什么都没有说。

还好，已经拿到想要的一切。

她相信，有些人，你给她一万个善的理由，她若是决心相信恶的一面，多说无益。

明珠只是觉得心寒，都说职场没有朋友，可是她们也做了3年的朋友，那3年的友情是彼此诚心相待的。只是职场的利益太过分明，最是考验友情，能存活下来，大抵就是一生了，但是她们的友情，没有那种幸运。

她看着晨莉的背影，为这场曾经为期3年的友情默哀。

半个小时后，明珠在约翰张的办公室打开了刚刚录过的对话。

约翰张吃惊地抬起头来："明珠，你竟然用了这一招？"

"怎么，老板，好人就应该乖乖被欺负？这可不是电视剧。"

"我是说，干得好！"约翰张夸赞地说。

有那么一瞬间，约翰张想起5年前的事情，明珠苍白着一张脸在大会上做汇报，身体微微颤抖，眼神飘移，声音小得不得不让人关了会议室的门，让人怀疑这女孩的胆子是不是被什么东西吓破了。可是，转眼5年，她已经学会和各路牛鬼蛇神打交道，而且，每一步都能出奇制胜。

约翰张感慨时间飞逝，他不由自主地看了看镜子里的自己，心想，幸好，还没有生出华发。

他又问："你是怎么发现的？"

明珠老实回答："因为了解。"说到这里她竟有些伤感，"晨莉有个一直改不过来的缺点，永远分不清'得地的'正确用法，只会用'的'，我查看该号所有发言，发现这个细节。"

"心细如发，可是……只是这一点，未免还是太武断。"

"那就只能试一试呗。"

他明白了,她怀疑晨莉,但并不肯定,索性佯装已经有十足的证据,晨莉做贼心虚,干脆摊牌。

传说中,这一招叫作"兵不厌诈",约翰张欣慰徒弟学习能力惊人,短短数年间已升级至如此段位。

很快地,ME公司针对最新热搜内容发出公告:网上言论系员工对老板不满的泄愤,希望停止议论,不占用公共讨论空间。

过两天,事情又终于安静下来。

前车之鉴,明珠不敢喘气,只是到喜欢的餐厅好好吃了一餐饭,养精蓄锐,不知道什么时候自哪个角度,会又射出一把剑,伤得她站不起来。

深夜,母亲打来电话,接起电话的一瞬间,明珠很想哭,像一个被人欺负了的小女孩想要躺在妈妈怀里哭一场寻找安慰那样。

但母亲的声音一传过来,她就清醒了。

"明珠,最近家里装修,你能不能打点钱过来?"

明珠嘴角扬起讽刺的笑,自她的母亲处寻找安慰?明珠嘲笑自己已经这么大,还是像小时候一样怀有不切实际的执着。

"要多少?"她问。

"3万元,你不是升职了吗?这点钱总能拿出来的。"

"妈,爸走的时候是留下一笔钱的,那笔钱为什么只有弟弟能用呢？我难道不是你们生的孩子？"

"那是你爸爸交代的，不要和我争论这个，没有用。"

明珠只觉得心累，她想起了一句话：当你的家人开始欺负你，整个世界都会来欺负你。

明珠挂掉电话，她在刹那间做了个决定：她再也不会给母亲钱。

她疲累地靠在椅子上，一个声音在心中响起：他们之所以这样，是你纵容的。从小到大，你扮演了一个给予者的角色，所有人都认为这是你的责任。

另一个声音响起：那么，不如从现在开始，改变习惯。

明珠觉得心口难受，之前的那个声音又开始说话：你这样做是不孝。让老母为钱所困，你于心何忍？

另一个声音：可是这样做，他们并不会体谅你，他们只会变本加厉。

一个声音：或者，从这一次开始，试着制定你的规则，让他们听你的。

另一个声音：不如试试。

明珠下定决心，这一次坚决不给母亲钱。

她找出酒杯，准备小酌。

没有人安慰她，她只能找酒精安慰。

她睡睡醒醒，清醒的时候，她的脑中闪过无数的画面：她和沈妍、晨莉在阳台上互相逗笑，一起出差，一起住酒店，一起吐槽客户。可是，画风一转，画面变成：她们对峙而立，仇恨地看着对方。

恍惚的时候,她又做了那个相同的梦,蜷缩在黑暗中的白衣小女孩扬起头来问她:为什么,连我的父母都不爱我?

第二天起床,头疼欲裂,明珠迅速从床上跳起来,在浴室里想起昨天和母亲的对话,突然流下眼泪。

她心疼母亲,那样的年纪,还在为儿子活。

去公司路上,她已经把足够的款项打入母亲账户。

这些天,办公室就像电视剧的发生地,每天都有戏剧化内容让她吃惊不已,今天也不例外。

上午10:00,像以往一样,她打开电脑查看邮件,首先映入眼帘的是晨莉的辞职邮件。

但这只是事情的开头。

事实上,此时此刻,办公室正像热锅上的蚂蚁,表面上看似风平浪静,事实上早已乱成一团。

当晨莉的辞职消息在办公室同事群传开以后,很多人都坐立不安了。

像是当年这些同事力挺明珠一样,这一次,有几位受过明珠批评的同事,也力挺晨莉。

紧接着,明珠收到了第二封、第三封、第四封辞职邮件……

明珠看着邮件发呆。

已经进入12月份,北京的天气灰蒙蒙的,从办公室的窗口望出去,万物萧索,大街上的行人寥寥无几。有一个人被风吹着一路小跑地进了旁边的便利店;有一个行人两手紧拉着帽子在逆风行走。

真的到了适合冬眠的季节，明珠突然觉得好想躲起来，修养身心。

这件事情对她来说，简直是致命一击。

这一年来，她拼命工作，让组内的业绩达到了180%的增长率，就差那么一点点，她就要兑现和约翰张的约定。

可是，没有想到，大家这么看她。

她想起当年王明娜走的时候那一个踉跄，那么狼狈，那么不堪。

下午的时候，约翰张喊她晚上一起喝一杯。

明珠马上应下来，她也正有此意。

约翰张还是一如既往的神采奕奕，但是，明珠却突然萎靡了。

约翰张一眼看到神色颓败的明珠，又想起几天前游刃有余的她，不由自主地抽动了下嘴角，想：到底还是年轻。

明珠低着头一个劲地喝威士忌，没有注意到约翰张的到来。

"职场没有顺风顺水，有的只是升级打怪。"

明珠听见这句话，眼泪又来了。

约翰张掏出洁白的手帕递给她，拍拍她的肩膀以示鼓励。

过一会儿，明珠终于开口："老板，我是不是错了？我最近一直想起一年前王明娜的事。"

她没有想到约翰张会这样回应她："你是错了。"

明珠抬起头来。

约翰张继续说下去:"你错在没有吸取王明娜的教训,不会向下管理。"

"你不是让我赏罚分明,制定规则吗?"

"你不能用你自己的高标准去要求所有人,如果每个人都是你,今天坐在那个位置的就不一定是你,还有,带一个团队和带兵打仗一样,你得了解你的下属在想什么,你认为的好在他们眼里不一定是好。"

明珠仔细咀嚼约翰张的话。

她很快得知,就在今天下午,约翰张替她挡了重要的一枪。

约翰张没有想到,一年前的场景又重现。

下午,晨莉和其他三个同事一起来向他辞职。

约翰张得知他们来的理由后,当即表示了不满:"你们有自己的老板,要辞职可以和你们的老板辞职。"

一个同事委屈地说:"我们也是无奈。"

约翰张抬起一边的眉毛:"无奈什么?"

"我们老板的工作方式让我们无法适应。"

"那你们找错人了,这个事情请回去和你们老板沟通,如果无法沟通,辞职也是一种方式,毕竟员工很难挑选老板,向来是老板挑选员工的。"

这句话说出来,约翰张的立场已经一目了然,众人只能退出去。

明珠泪盈于睫,悲欣交集,悲的是众人这样待她,欣的是老板又这样待她。

"老板,我真的不知道事情为什么会变成这样?"她语声哽咽。

"等你经历了更多的事,你会觉得这不过是一桩小事。"

"好可怕,难道还有更可怕的事?"明珠胆战地说。

约翰张笑起来:"刚过 31 岁,你以为人生很容易?"

"老板,像你这么潇洒的人,难道也觉得人生艰难?"

"你以为我是那个命运的幸运儿?潇洒是态度,但人生的路,谁的坎坷也不会少。"

谈到人生,话题突然沉重,一时间,他们都陷入沉思。

"接下来,该如何是好?"隔一会儿,明珠问出一个现实的问题。

"该怎么样就怎么样,想进 ME 的人多的是,好雇主哪里缺人才。"

"我就是觉得……"

"不用觉得有什么不对,世上的事,无非就是,缘聚缘散,问心无愧就好。"

明珠感激地和老板碰杯。

第一场雪来的时候,已经是 11 月中旬。

距离晨莉 4 人离职已经过去了两周,明珠好像进入了一种冬眠的状态,她对工作的热情随着年末的来临而渐渐消退,经过一番"出名",她整个人的精力也被消耗殆尽。

明珠在那间看得见风景的办公室里日日反省自己的管理方式。

一天,她去茶水间打咖啡,无意间听到了这样的对话。

"听说,今年业绩最高的组是明珠他们组。"

"那当然,有约翰张撑腰。"

"真不简单啊,员工集体抗议,约翰张理都不理。"

明珠故意咳嗽一声,这两人猛然抬头,呈惊讶状,又堆出笑脸,心照不宣地对视,然后客套地离去。

这样的诋毁明珠听到不少,连苏宁给她电话都会忍不住问她:"你和约翰张真没事吧?还有人传约翰张为了你和前妻离婚呢?"

明珠笑得眼泪都流了出来,说:"我认识约翰张的时候,他已经离婚,如果我说,我和他除了喝过几次酒没有任何私交,你可相信?"

"我当然信,可谣言都不长眼睛的,传说中约翰张还送了你香奈儿包。"

"奇怪,大凡一个长相靓丽的女性有几分能干,都要归于依赖男性帮助,我有手有脚有脑,为什么不能是依靠我自己?"

"可不,而你偏偏还不仅仅是有几分能干。"

"真的太不公平了。"

"成人的世界里你要公平?太天真了。"

明珠真希望生活是一出电视剧,能赐给她一个高光时刻,让她证明自己,她从未依赖任何人,可惜,现实生活里,她不能站出来质问每一个用异样目光打量自己的人:请你拿出证据来!

她心中烦闷不已,自她坐进这间办公室,就成了孤家寡人。

也是自这个时候起,她突然理解了约翰张的绯闻,谁让你比别人能干?还比别人有风度、有姿态?总得有点"把柄"让人心理平衡。

苏宁安慰她:"算了吧,想开点。欲戴皇冠,必承其重。"

"已经无所谓了。"明珠苦笑。

翌日,她去报了一个MBA的班,准备发挥学霸精神,通过专业的学习找到答案。

15 情场上没有常胜将军

正值下班高峰时间，一辆黑色的出租车被围在拥挤的三环路上，走走停停，半个小时勉强走了两公里，让乘客王笑笑十分光火，可又不知道这火该冲着谁发，她觉得这种龟速像极了她停滞的人生，尽管目标明确、起点顺利，但却好像被命运下了诅咒，无论如何也无法抵达目的地。

刚才强忍着没有哭，这会儿终于撑不住了，她的眼泪大颗大颗流下来，她掏出纸巾来，一边擦拭眼泪，一边低声抽泣。

司机看到后座上美丽的女乘客突然开始哭泣，一时有些不知所措。

憋了一会儿，他小心地问："姐，您没事吧？"

"你这么喜欢叫别人'姐'吗？我可能没有你大……"王笑笑不耐烦地说。

"我不是那个意思，叫您姐，不是说您比我大，就是一个尊称……"

王笑笑再也不想搭理他，疲累地靠在椅背上，眼泪顺着面颊汩汩流下来。

她又失恋了。

倒不是失恋有什么大不了，失恋于她早已不是什么伤筋动骨的事情。

让她生气的是，那个看起来老实忠诚的张伟竟然劈腿了！他有什么资格劈腿？应该劈腿的不是自己吗？

王笑笑实在无法咽下心口的这股怒气，泪眼模糊中，她拨通了明珠的电话。

明珠今天下班早，因为明天是周末，她要去上MBA的课程，回到家之后，就一屁股坐在台灯下，开始准备第二天的课堂发言了。

听到王笑笑带着哭腔的声音，她已经大概猜出事情缘由。

"劈腿了谁？"她问。

"这才是关键，你知道吗……"王笑笑这次显然动了真气，隔着电话，明珠似乎都能感受到她在痛苦地颤抖。

王笑笑缓一缓，平静了一点后，终于说出关键的信息："一个23岁的女孩子，刚刚毕业一年的女孩子，在国贸一带的广告公司上班，张伟说他遇上了真爱……"

"没想到老实的外表下竟然藏着一颗花花公子的闷骚心，真是看不出来啊，太让人生气了！"明珠微微吃惊，从座位上站了起来，她想起了张伟老实巴交的面容和微微凸起的肚腩，其貌不扬的他竟然劈腿？此时此刻，她希望自己就在好友身边，握住她的手，能给予她一点力量。

"你知道吗？竟然都交往两个月了，我是无意中看到他的微信才发现的。"

"你和他摊牌了？"

"他开始时否认，说只是一个一起学网球的女生，过了一天就索性承认，他找到了真爱，他觉得和那个女孩在一起轻松有趣，没有压力，而且有共同爱好。"

"简直了！她长什么样子？"愤怒之余，明珠仍然没有忘记关心核心信息。

"我查了那个女生的所有社交账号，一看就是网红脸，身材也微微发胖，除了年轻，哪里都没法和我比！"

"亲爱的，根本不是你的错，是这个张伟本质上就是一个渣男。"在所有无法忍受的行为中，最让明珠反感的就是欺骗，她忍不住为好友打抱不平。

"你知道吗？就在上周，我们两个还在谈论关于结婚的事情，甚至我们都商量好了婚礼在哪里办，要邀请多少人……"说到伤心处，笑笑又哭了起来。

"这人真的是……一边在外面勾搭，一边和你商量婚礼，现在又说他找到了真爱。"明珠希望用自己的感同身受，来给好友一点安慰。

"是啊，明珠，你知道吗？我以为我马上就要实现目标了，我要有家了，我甚至在这周一查遍了所有可以举办婚礼的场所，翻看了无数遍婚纱，我以为我马上要结婚了……"

明珠意识到，并非失恋让笑笑多么伤心，也不是劈腿本身多么让人无法接受，而是梦想的破碎伤害了她，而且是在一步之遥时。

"要不你来我家吧，我做饭给你吃。"明珠不知道该如何宽慰好友，希望能用陪伴帮她转移注意力。

"我想想。"笑笑有气无力地说。

这是一个周五的晚上，就在上周她还沉浸在即将变成一个已婚妇女的欣喜里，只不过一周的时间，她竟然又变成了一个单身女人，生活真是一出无法预料结局的戏。

王笑笑重重地叹了一口气，她在心里琢磨好友的提议：没有约会的周五晚上回到空荡荡的家里，她今天格外忍受不了这种孤独，想到这里，她坚定地说："一个小时后见。"

车子又停了下来，堵在一片霓虹灯的海洋里，王笑笑看着窗外嘈杂的街景，心情史无前例地陷入低谷，她闭上眼睛试图寻求一点属于自己的宁静。

她的前任女老板曾经和她说过，过了30岁后，你会发现成功、帅气、体贴、有魅力的男人，不是已婚就是同性恋。她觉得有几分道理，于是选择了外表普通、貌似忠诚、家境良好、适合结婚的男朋友，可到最后，连这样的男人都要出轨。

难道真的是因为年龄过了30岁？

王笑笑愤愤不平地想，30岁怎么了？30岁的女人明明比20多岁的女人更有成熟的魅力和女人的味道。20多岁有什么呢？精致的脸蛋、天真的表情，以及仰起头来用崇拜的眼神看着男人的神态。

王笑笑又忍不住叹口气，她知道自己离崇拜男人的年纪已经很遥远了，她甚至觉得，应该男人来崇拜她还差不多呢，虽然必要的时候也可以装一装。

王笑笑到达的时候，明珠已经煮好了两大盘意大利面，正在烤鸡翅。

王笑笑一眼看见餐桌上的酒杯，脱下外套后，毫不客气地倒了一大杯红酒，一饮而尽。

"慢慢喝，别呛着。"明珠在一旁提醒她。

不一会儿鸡翅也端上来了，一股混合着芝麻与肉味的香气瞬间充斥了整个房间，两个人坐下来准备享用闺蜜二人世界的晚餐。

但是王笑笑一点胃口也没有，她只想喝酒。

"我们放一点轻音乐吧，有利于改善抑郁的心情。"明珠一边说，一边打开 mini 音箱。

到这个时候，王笑笑才有心重新打量明珠这间一室一厅的小房子，卧室连着阳台，客厅连着厨房，所有墙壁都被刷成了粉红色，代表了明珠不为人知的少女心。客厅内放着宽大的绿色沙发，沙发上放着白色的羊绒垫子，看起来有一点复古，沙发的上面是一幅卡通画，画面中有一个小女孩正坐在月亮上发呆，王笑笑一直觉得那幅画特别像沉迷于阅读时的明珠。客厅的边上放着一张方型木质桌子，可以做书桌也可以做饭桌，而另一边则是一个很洋气的壁炉。整体来说，有一种难以言说的清洁感，混杂着一种平静的感觉。

整个屋子的摆设还和她上次来的时候差不多，王笑笑记得她第一次来时，用了"神圣感"来形容明珠的布置。

"你好像十分享受单身生活，究竟乐趣在哪里？"王笑笑收回视线，向好友提出一个问题。

"笑笑,说实话,我真认为你需要独处一段时间,你想想,自从你毕业后,男朋友从来没有断过,你有独自生活过3个月以上吗?人是需要独处的。"

"我需要陪伴,我不想独处,我无法忍受孤独。"

"孤独并不是什么不好的事情,我反倒以为,有时候,我们独自一个人的时候,才能看清楚自己的需要。"

王笑笑想:也许。可我貌美如花,大好青春,如果没有人陪,岂不是很惨?比如,这么好的周末时光,没有烛光晚餐,没有耳鬓私语,没有派对香槟,一个人孤零零在家看电视?

"奇怪,为啥别人都能成家,我就不行,明珠,你说为什么呢?"

明珠突然想,她和闺蜜好像两个极端,一个永远处在关系中,一个对关系敬而远之,都失去了平衡。

"笑笑,婚姻不是一个形式,而是具体的人构成的,为什么要这么着急结婚?我并不认为年龄是进入婚姻的最大优势。"

笑笑仰起头来,一杯红酒下肚,她的脸色红润起来,也许是大起大落的这段日子太过耗费心力,疲惫到一定程度,她突然清醒过来。

"明珠,你说得对!张伟认为我给他很多压力,因为我看重的不是他,而是婚姻,他说得没错,真实情况就是这样,所以,他去找不给他压力的小姑娘了。"

"你说为什么我着急结婚呢?说真的,'结婚'已经成为我的紧箍咒,我早已经不享受任何的恋爱,我只享受我的战利品，就是有可能和我结婚的男人……可是，婚姻就是家吗？结了婚就真的有家了吗？我看未必。20多岁结婚就一定比30多岁结婚好吗？我看也未必。"笑笑越说越激动，她想到了那些来自四面八方的压力，想到了自己费尽心思猎取金龟婿的这些年，又心酸又委屈，"凭什么听别人说的？"

明珠很少看见闺蜜认真反思自己，这个时候，反倒觉得她十分可爱，自顾自笑起来。

"你看，这不是想通了吗？"明珠向好友举起酒杯，"来来来，祝福你重获自由，重新出发！"

"年龄不过是一个数字，来，为不困于数字的人生干杯！"

"说得真对，数字的意义应该由我们来定义，而不是别人！"

两杯酒碰在一起，室内气氛瞬间转悲为乐，顿时整个客厅也热气腾腾起来。

王笑笑突然感觉一阵精疲力竭，好像几天没有吃饭一样，她迅速用叉子挑起一块鸡翅，放在盘子里，然后以迅雷不及掩耳之势吃完了。

"怎么样，我的厨艺还不错吧？"

"勉勉强强，凑凑合合。"王笑笑一边大快朵颐一边说。

明珠瞥她一眼："至少比你强。"

王笑笑已经恢复心力，问她："吃完饭我们要不要安排点节目？"

"拜托，我明天要上课，还得做作业。"

王笑笑脑子一转，心生一计，笑着哀求："明天你带上我吧，你看我，孤身一人，多可怜。"

"什么？我上课带上你？小姐，学校不让的。"

王笑笑扔掉叉子，跑过去抓着明珠的胳膊撒娇："好明珠，你带上我嘛，你们班上一定有帅哥，我就去一次，你和你们老师求个情，一定可以的……"

明珠被她缠得不耐烦，说："好好好，但你别给我丢脸，安安静静坐着听课。"

"那必须的，绝对是，必须的。"王笑笑起誓地说。

怎么没有想到来这个地方寻找猎物呢？王笑笑坐在一张椭圆形的大桌子旁，一边托着腮帮一边埋怨自己走了那么多冤枉路，与此同时，她的眼睛在人群中随意地游走，仿佛在做一次阅兵式的大检查。

明珠真的下了血本，高昂的学费筛选出了一帮体面的成年人。从他们的穿着、仪态、举止可以看出，这帮人或者是公司的高管，或者是创业者，再或者是富二代，王笑笑凭借敏锐的阅历嗅到了他们身上优秀的基因，心中大乐，这个时候，她甚至开始感谢张伟，还给她自由身，让她有了这样的机缘。

离上课还有10分钟，明珠正在和右边的一个皮夹克男生谈论他们的小组作业，笑笑一眼注意到他卷曲的头发和深邃的眼神，只见他将整个身子探到明珠这边来，正在神情专注地听明珠解释着什么。笑笑打赌他一定什么都没有听见，因为他真正感兴趣的是明珠。

哎，明珠啊，你在工作上的高智商为啥没有分一点给感情生活呢？

想到这里，笑笑忍不住惋惜地摇了摇头。

"请问，这里有人吗？"冷不防听到一个成熟的男中音。

笑笑回过身来，看见一个一身黑色西装的男士指着她旁边的座位向她发问。

对方身材高大，年纪在30岁出头，眼角眉梢有一种霸气的从容神色，手腕间一块劳力士腕表闪闪发光，还有，最关键的是无名指上没有戒指，笑笑一眼断定他是一个富二代。

她露出标志性的魅惑笑容朝对方点点头。

对方在她旁边坐下来，正要开口和她说什么，王笑笑马上拿起电话来："好的……我考虑一下……嗯，行。"

是的，一点也没有错，她不过是在举着手机自言自语做出接听电话的姿势，王笑笑开小差地自我肯定：莫非我就是那种天生会演戏的天才演员？

挂了电话后，她轻声叹口气，又成功引来对方的目光，不过，她装作没有看见，低着头装作很忙地发信息。

她就是不想给他留出空隙来搭讪她。这些富二代一个个又自卑又自负，她太了解他们了。如果自己没有成就，只是靠着家里，就会自卑占了上风，因为无法超越父辈的成就；但是如果自身有所成就，就会自负占了上风，好像所有的女人都喜欢他们，都会围着他们转，而他们只会对一件事情产生兴趣，那就是挑战。

与其说他们是年轻有为的成功人士，不如说他们就是一群自己和自己闹别扭的小孩子，因为，他们只渴望他们还没有得到的，这就是王笑笑不让他轻易得逞的原因。

不一会儿,对方又拿出笔记本电脑来,还故意很用力地打着字,并且时不时露出一份财务报表的抬头来,貌似在很认真地工作,可是,王笑笑觉得他心不在焉,他只是想让她注意到自己,并且认为他是一个与众不同的精英。

王笑笑放下手机,对着空气露出微笑,对方立刻凑过来和她搭话:"你在笑什么呢?"

王笑笑顿一顿,专注地看着他,又好像在思考着什么,然后随意地说:"没有什么,只是看到一个有意思的朋友圈。"充满想象力和神秘感,王笑笑知道,这一招一定管用。

对方迫不及待地伸出手来:"我叫莫非,因为要管理几家公司,非常忙,来上课的次数不多,你叫什么名字呢?"

王笑笑知道对方把她当成同学了,也不多解释,抬起手来将一绺秀发拨到耳朵后,确保对方能看到自己纤细的手腕和修长的手指,然后才缓缓伸过手来:"你好,我叫王笑笑。"

他紧紧握住她的手。

"我怎么从来没有见过你……"对方的话音还没有落,上课时间到了,老师站在台上和大家打招呼:"这周过得怎么样?"

王笑笑把手指放到嘴边,示意她不能闲聊了。

这个动作活泼可爱、出奇制胜,莫非一下子看呆了,他不由得露齿一笑,正要说什么,王笑笑已经转过身去,看着台上的老师,眼睛一动不动,好像在很专心地听课。

谁说 31 岁就没有魅力了?不过是一个数字而已嘛,我何必纠结那么久呢,我的魅力和以前一样,还是可以让一个陌生男人在 10 分钟之内问我要电话号码的,王笑笑手托着下巴,一边装出一副听课的样子,一边心满意足地想,她的目的已经达到了,来上了一节课,就已经捕获到一个富二代,今天真是收获多多。

她相信,只要一有时间他就会想办法问她要联系方式。

不出所料,在小组讨论的时候,他就找了个机会和她说:"我们能否加个微信,我上课前准备了一些资料,我想对你也有用的。"

王笑笑自然地把微信号给了他,一个充满可能性的开始,再美好不过。

在一旁的明珠,看见两人互加微信,知道又一个爱情故事即将发生在她的闺蜜身上了。

16 商场上也有天真的人

上了一段时间的管理课程后,明珠渐渐能够看明白自己在管理上的问题。

她一直以为管理是人际关系的延伸,并不认为管理是如何设定游戏规则的问题,如果她希望员工能像她自己一样努力,她就得在招聘的时候选择有某些特质的人,然后为他们设定一个公平、合理的规则。

同时,作为管理者,她应该学会如何帮助员工成长,设身处地从他们的角度考虑问题,而不是一味地恨铁不成钢和指责。

也因此她得出一个结论:当你的员工真正感觉到你的关心,他们才会真正认同你的领导,就如同当你的客户真正感觉到你的关心,他们才会认同你的专业能力。

这个认识被明珠运用在工作中后,她重新得到了团队的拥护,也重新成为具有领导力的上司。

但是,新的烦恼却不请自来。

在一个新的项目上,她和约翰张的意见背道而驰。

起因是市面上最大的游戏公司万言找到约翰张，想让 ME 成为万言的年度供应商，但有一个条件是 ME 要签署同行竞争性条约，也就意味着 ME 要放弃老客户 IU。

考虑到万言的年度合同在千万级别，而 IU 公司至今都是活动项目制客户，每年给出的订单属于几百万级别，约翰张毫不犹豫地要放弃老客户。

"如果万言坚持要签署同行竞争性排他条款，那我们义无反顾要放弃 IU。"约翰张斩钉截铁地说。

"老板，万言毕竟是新客户，之后的合作还不知道会如何，直接放弃 IU，是不是为时过早？"事实上，明珠的真实想法是 ME 不能为了商业利益直接抛弃老客户，毕竟老客户的信任也是员工凭辛苦一点点建立起来的。

"万言的体量至少是 IU 的七八倍，即使冒险，也值得，况且风险几乎不存在。"

"基于 IU 对我们的信任，迟早他们会给我们更大的订单的，现在放弃，显得我们过于势利。"

"明珠，不要孩子气，这是商场，如同战场，你听过任何一家公司的企业文化是善良和义气吗？没有的。在商场上，利益最大。"

"老板，我们做的终究是人的生意，如果不近人情，那是否会影响我们生意的长久性？"

两个人僵持不下，但胳膊终究拧不过大腿，明珠求约翰张："老板，给我 3 天的时间，再做决定，可以吗？"

约翰张答应下来，毕竟要执行的人是明珠，他不想她心理上有任何障碍。

明珠去找老客户 IU 的市场总监，想看看有无机会成为未来年度供应商。

但出乎意料的是，IU 的市场总监王坤直接把她带到副总裁雷建军面前。

雷建军平时忙得全世界到处飞，几乎从未与供应商碰面，看到明珠，热情地握住她的手，说："这两年，多亏 ME 的帮助，我们才能呈现出一场场精彩的活动秀呢。"

明珠受宠若惊，慌忙说："是我们的本分，多谢鼓励。"

雷建军时间有限，开门见山地说："我们诚邀 ME 成为我们的未来年度供应商，不知道 ME 有没有意愿承接我们更多生意？"

明珠立刻高兴地回答："当然，这是我们期待已久的事。"

事情就这样解决，最终，ME 成为老客户 IU 的年度供应商。

明珠和老板高兴地出去喝了一杯。

但有一场硬仗已经在等待他们。

明珠组今年最重要的任务是拿下安匠集团的年度整合传播合同。管理层在会议上反复强调这个客户的战略意义，约翰张表示一定竭尽全力。

约翰张把明珠叫到办公室，问她："你是不是认识雷奥关？"

明珠"嗯"一声。

约翰张立刻拍拍手，说："终于找到了切入口，安匠的年度整合传播供应商一向是市场部总裁敲定的。之前雷奥关一直住在新加坡,很难有机会联络,最近听说他定居北京了,我们得尽快和雷奥关一起吃个饭,把安匠集团高层的关系先走动起来,最起码,得让对方看到我们的重视程度。"

明珠立刻去约雷奥关,但出师不利,雷奥关随便找了个理由就把她给打发了。

约翰张早有打算,他皱着眉头说:"启动我们的 Plan B,明珠,这次你得想想办法了。据说,雷奥关的女儿从高中起就在美国上学,现在可以入手的就是他的妻子了,你要尽快想方设法和他的妻子做朋友,这才是事情的突破口。"

"我?去和雷奥关的妻子做朋友?"明珠不可置信地问。

约翰张笃定地点点头:"明珠,真正的挑战开始了,这是你证明自己的好时候。"

又是"证明自己的好时候"。每次布置一个艰巨的任务时约翰张都用这句话说服她,可是不知道为什么,这一次听起来,却觉得格外刺耳,明珠忍不住撇撇嘴。

"可是,老板,我真的不知道如何和有钱人做朋友,因为我是个穷人。"

"凡事总有第一次,你那么聪明,我相信你总会有办法。"约翰张一边鼓励她一边打发她,"就这么定了,我等着你的好消息。"

明珠正要开口讲述困难,约翰张已经开始穿衣服,她只能退出来。

如何和有钱人做朋友呢?明珠躺在办公室的沙发上盯着天花板发呆。

她发现最近她要解决的问题已经和专业甚至行业没有任何关系，简直千奇百怪，有时候像侦探，有时候像心理学家，有时候又像演讲家，生活把她锻炼得太过全能，她已快忘记自己不过是一个公关行业的高级打工妹。

她揉揉酸涩的眼睛，打起精神来，坐到书桌前开始查找资料。

夜幕四合，晚上 10:00，明珠仍然在埋头翻看雷奥关妻子的所有资料，一边查找一边感慨，有钱人的生活貌似挺无聊，除了派对、旅游、shopping，貌似并无太多形式和内容。所以，人的幸福感说到底是在于能否找到滋养内心的东西，比如爱、美、丰富的感受力，只有从世界上一切好的事物和好的人中吸取到精华，人才能有真正的幸福感，而和金钱的多少并不直接成正比关系。金钱的最大功效在于可以购买时间自由，让人可以免除为生活奴役的辛劳，而从事真正喜欢的事情，也在于可以购买更多的体验，让人的感官充分被打开，但能否被滋养，完全取决于个人的修养。

雷奥关的妻子叫何欣，46岁，由于保养得当，看起来不过三十七八岁的年纪，出身家境优越，成年时在美国留学，也因此认识了同在美国读书的雷奥关，两人毕业后就结婚生子，之后专心做家庭主妇。何欣本人并不高调，社交账号信息寥寥无几，明珠只能从她的社交账号的好友中一一查看，看看有无新的发现。

就在她一无所获，准备另辟蹊径时，猛然间，发现了蛛丝马迹，在何欣的一个好友的社交账号里，明珠发现一张两个人练瑜伽的照片，重点在于她们的瑜伽服上的品牌名让明珠觉得眼熟：S&S……

在哪里见过呢？究竟在哪里？明珠抓着头发苦思冥想，电光火石间，她想起来了！

有一次她和王笑笑在CBD的一家餐厅吃饭，那个时候，王笑笑刚练完瑜伽，她背的瑜伽袋子上，分明就是这个S&S!

明珠立刻电话王笑笑，王笑笑听完后大笑起来："万总监，想不到你也有在工作上求我的一天！"

"你就得意吧。"

"那个瑜伽馆真贵得肉疼，当时是因为看上一个人，他在旁边那栋大楼里有一个公司，不过才上了几节课，就发现他有女朋友了，真倒霉……你说的这个人，我好像有点印象，明天去帮你看看。"

明珠隔着屏幕送出飞吻。

放下电话，她突然觉得自己和王笑笑本质上并无太大区别，只不过，她猎的是人，而自己猎的是生意，明珠苦笑不堪。

对于如何接近甚至搞定一个人这件事，王笑笑非常有经验。

为了帮闺蜜这个忙，她又去了两次S&S，但遗憾的是，并未遇到何欣这个人。第三次去的时候，她以为又要扑空，结果正在休息室喝茶，听见隔壁沙发上两个人在窃窃私笑，一转身，真是踏破铁鞋无觅处，得来全不费功夫！

王笑笑翻出手机里的图片一看，正是何欣和她的闺蜜。

她屏住呼吸听对方说话。

"我想帮他出一本诗集,他真的太有才华了,他的小说我每次读了都想哭。"说话的是何欣。

"作为生日礼物?"

"是的,你说,这样能不能打动他……"

……

王笑笑脑子一转,就有办法了。

她拿出手机,对着空气大声讲话:"行啊,我一个朋友完全可以搞定的,他和出版社很熟悉的,出一本诗集应该没有什么问题……今天啊,今天不行,明天下午我有时间,好就这样。"

王笑笑用余光已经瞟见对方神态动作,心里知道已经达到六成目标。

但她坐在那里连着喝了两杯茶,仍然不见对方动静,喝了太多水,她起身去卫生间。

"你在这里锻炼多久了呢?"王笑笑正低头洗手,一个声音在后面响起。

她转身,发现问她的人正是何欣。

王笑笑立刻露出甜美的笑容:"呀,好像有一年多了,不过我太懒,总是三天打鱼两天晒网。"

"主要还是要爱上一个运动,就成习惯了。"

王笑笑心想,我也很想爱上在这里运动,可是我的钱包真是不允许。

"是呢,我好多动作就跟不上。"王笑笑故作随意地说。

"其实呢，我还在家里请了私人教练，之前也是很多动作做不来，当时那个私教一指点，就觉得很简单，我来这里运动，主要是我喜欢的美容院在隔壁。"

"呀，是吗？我也好想找一个好私教，可是，物色了好久都没有找到，不如你介绍给我？"

"没问题。"

"那我们加一个微信？"

"好的。"

……

"什么？要帮她朋友出书？"明珠迅速从座位上起身。

"我开始以为是她老公，后来听说是一个写小说的朋友。"

明珠迅速在脑子里思忖事情的前因后果，立刻答应下来，但等到拿到对方样稿，差点吐出一口老血来，完全不知所云，意境并不优美，辞藻并无特色，只能看出每首诗都和爱而不得有关，仿佛古时候待字闺中幽怨的美丽少妇，但完全无法感同身受其中的情绪、思想甚至是场景。她让下属从立意和题目角度进行重新包装。

过一日，她和某个出版社的主编一起吃饭，对方看一眼稿子，立刻决绝地说："这种内容看不出有半点市场价值，想出版太难了。"

"GV集团有一本公司企业文化书要出版，是我们全权代理的，给出版社的合作经费非常宽裕，我正想和贵社合作呢。还有，前段时间您不是问我能不能推荐几个企业家来给你们今年的主打书写推荐语吗？这个我们约翰张完全可以帮忙，有宝格英集团的创始人夏爱莲，有 GV 市场部总裁官劲，还有……"

对方立刻坐直了身子："我觉得我们可以谈谈的，应该还是有机会……"

午饭结束后，明珠回到办公室直接找约翰张。

"老板，我需要你的支持。"

"说吧，什么支持。"

"我需要宝格英集团的创始人夏爱莲、GV 市场部总裁官劲，还有联说集团市场部负责人帮一本书写推荐语，您要帮我搞定。"

约翰张一惊："这些人哪里有时间给一本书写推荐语，除非这书有什么特别之处。"

明珠把事情的前因后果详细说一番，约翰张还是推托："明珠，另想办法，这个办法行不通。"

明珠扔下包，作破罐子破摔状："那这件事我也办不到了，老板，实在不行，就派其他人来做吧，横竖这不是我擅长的事情。"

约翰张眉头一皱："这事必须你办。"

明珠也学他："那这事您必须帮我。"

约翰张没有想到，他的得意门生开始要挟他，眼睛睁大："明珠，这事我再说一遍，我办不了。"

明珠叹口气，拎着包一边往外走一边说："老板，我还是在案子上多发挥作用吧，这个我真的不擅长。"

约翰张不由自主伸出手想要叫住她，但她已经消失在了门口。

再过两日,明珠终于拿到几位大佬签名,她心里有了把握,决定亲自约见何欣。

在一间隐蔽的私房菜包间里,明珠和王笑笑终于见到了何欣和她的诗人朋友。

让明珠微微吃惊的是这位诗人朋友竟然是一个30岁出头的男人,而且看起来更像电影明星,英俊的面孔、深邃的目光、高大健硕的身材,自来卷的长发被随意地绑在了脑后显示出他文艺不羁的一面,他还有一个文艺的名字:孙一白。

看得出,他对自己的作品能出版是喜出望外的。

明珠再看何欣的眼神,更是倒吸了一口冷气。

她马上意识到,这是一个复杂的故事。

何欣倒是态度和蔼可亲,说了些客套话,直接跳到主题:"明珠,要是有什么事情能帮忙,我一定会尽力的。"

明珠想,已经坦诚赤裸到这样的地步,还有什么可遮掩的呢?做朋友太难了,做生意简单多了,忙她已经帮了,该轮到对方出手了。

明珠缓缓说:"其实呢,也算有缘,之前您先生雷奥关我们也有过工作交集呢,安匠集团今年的广告片就是我们公司做的。"

何欣已经大体意会明珠意思。

明珠简单明了说下去:"我们特别希望能有机会做安匠集团的年度整合传播供应商,其实呢,之前我们的服务质量也是有目共睹的。"

何欣事先已经猜得七七八八，笑着说："其实呢，以 ME 的实力，我认为拿下这个案子应该绰绰有余，不过呢，我还是愿意多在我先生面前说说贵公司的好话的。其实呢，公关公司也属于提供服务，这次一打交道呀，我觉得人对了，服务是错不了的，也是实话实说呢。"

明珠立刻眉开眼笑："我们一定会尽心尽力做好服务，我们老板也是把安匠作为贵宾客户一样重视的。"

明珠心头却生出了另一重顾虑，以至于显得有点心事重重。

出来后，她忍不住对王笑笑吐露心声："雷奥关知道这事吗？如果不知道，那我们有可能是搬了块石头砸了自己的脚。"

王笑笑立刻嘲笑她："太幼稚了，雷奥关和他女秘书的事想必你也不知道吧？"

明珠又吃一惊："什么？"

"有钱人到了中年以后，大都喜欢各玩各的。"

"那为什么不离婚呢？"

"要不说你幼稚，要顾及孩子，还要顾及社会关系带来的利益和彼此共同的朋友，这要离婚绝对不亚于重新投胎做人，你以为像穷人离婚那么简单？各玩各的不是挺好吗？既是利益共同体，又能各自享受生活乐趣，比一般貌合神离的夫妻不知道幸福多少。"

明珠忍不住倒吸一口冷气，这让她大开眼界，但她不能认同这种价值观。

不是她迂腐，认同传统婚姻价值观，而是她以为：做一份工作，日日浇注心血，最后工作成就了自己，自己也成就了工作。婚姻也一样，两个人在彼此身上倾注心神，长久下来，才可以产生一种不可分割的亲密感，你中有我，我中有你，最终长久的"爱"才能滋生。像这样貌合神离，各自娱乐，新鲜感至上，真的有意思吗？

"明珠，我必须说，到目前为止，你是我最得意的徒弟。"约翰张高兴地说。他对事情的进展十万分满意，又反复嘱咐明珠要在提案上多多下功夫。

但明珠又滋生了新的烦恼。

这个孙一白让她头疼不已，他每天晚上 11:00 准时开始在微信上和明珠探讨诗集的修改方向，一会儿说明珠是唯一理解他用意的人，一会儿又说非常欣赏明珠的才华，到最后，又开始邀约明珠见面探讨。

明珠开始以为他是艺术家作息规律，喜欢晚上工作，所以耐着性子回复几句，后面又明显感觉他似乎对她本人比较感兴趣，开始一筹莫展。

个个都是神仙啊，一个都得罪不起，万一这个孙一白生气了，不出这诗集了怎么办？或者在何欣面前说几句不好的话怎么办？还有，如果何欣知道了那就更是一个大娄子……

明珠越想越烦躁，她小心谨慎，生怕一着不慎满盘皆输。

她哭丧着脸和约翰张抱怨这团乱麻。

约翰张给她支着："你就稳住他，再不济，可以用点真情嘛，逢场作戏。"

"这种表演我做不来。"

"明珠,你学习能力最强,这难不住你,等我们合约一签,你再疏远他、拒绝他,这事就算结了。"

明珠睁大眼:"不不不,老板,如果连感情都能交易,那还有什么不能交易呢?身体、道德、做人底线,都可以交易了。"

约翰张叹口气:"明珠,还是那句老话,商业世界资本最大,资本是没有道德观的,只有利益观。你要想在商业世界继续往上走,必须要让商业价值观凌驾于你个人的价值观之上,这不过是时间的问题,所以,不要浪费时间,时间就是金钱。请尽快成长吧。"

明珠沉默,这于她,又是新的世界观,她需要时间来思考。

幸好圣诞节即将来临,何欣要带着孙一白去欧洲过圣诞节,明珠终于松了一口气。

再过两周,捷报传来,安匠集团的年度传播供应商也基本敲定,这一年打完了最后一场仗,就要过去了。

圣诞爱情故事

"明珠,莫非邀请我一起去参加你们的同学圣诞派对,你一定会去吧?"王笑笑在电话那一头已经兴奋得手舞足蹈。

明珠顿一顿,犹犹豫豫地说:"应该会吧……"

"什么应该?我看那个梁瀚文对你一往情深,他一定邀请你了吧?"

"嗯……"明珠心不在焉地说。梁瀚文一早就邀请了她,可是他的邀请让她感到的不是高兴,而是压力,梁瀚文比她大四岁,在一个跨国公司做高管,也算年轻有为了,用他自己的话来说,他对明珠是"一见钟情,是和我的想象一模一样的人",可是,明珠对他的感觉有点复杂,说喜欢吗?好像也谈不上,明珠觉得梁瀚文于她,从行为到想法都有一种隔膜感,对,就是那种好像你们根本不是一个世界的人。

但是,说完全没有吸引力呢?好像又并非如此,梁瀚文体贴细心、温柔周到,也让明珠感觉相处愉快。

所以,她对梁瀚文的总体态度就是"试试看",并不特别热情,也不特别冷漠,但这于梁瀚文来说,又是一种女性的矜持,构成了新的魅力,他于是加快速度要把她变成自己的女朋友。

这个圣诞舞会的邀请虽然不算表白,但至少是一种在交往状态的证明,明珠感觉到微微的压力,所以,她兴奋不起来。

"反正你也是空窗期,梁瀚文也算绝对的优质男,就试试呗。"王笑笑劝她。

"嗯。"明珠随口回应。

笑笑知道她并不上心,提醒她:"又不是逼你嫁给他,不用这么有负担的。"

明珠心里有数,又是"嗯"一声。

两个人又说了一些穿什么戴什么的话题就挂断了电话。

圣诞聚会在一个MBA班的同学家里举行。

下午5:30,莫非开了一辆蓝色的跑车来接笑笑,笑笑穿了一套露肩的红色小礼服,露出雪白的脖子和锁骨来,红色礼服裙紧紧地包裹着她曲线毕露的身体,尽显女性的魅力,她把长发都放在肩膀的一边,脸上挂着若有若无的笑容,款款地走向靠在车边等他的莫非。

"好漂亮啊!"莫非情不自禁地说,赶紧走过来,一把搂住她,在她脸上吻了一下。

王笑笑立刻在心里乐开了花,经过一个多月的相处,她对眼前的这个人已经有了十足的把握,心想,果然,生活在关上一扇门的时候一定会为你打开一扇窗,哦,不对,应该是生活对我格外施恩,给我开了另一扇大门。

车子在一套联排别墅前面停下来，今天的宴会主人是一个女主播，据说她的老公是金融界有名的私募基金操盘手。

到了女主播的家里，王笑笑马上被整个屋子的高雅格调吸引了注意力，整个房子是一个300多平方米的大平层，装修的色调以白色为主，朝南的整面墙都被做成了落地窗，客厅里陈设简单，除了沙发和壁炉，只在四面的墙壁上挂了几张名画，地上是高级的白色毛毯，王笑笑的赞叹之情流于言表。

"这个房子好有品位，第一次见这么好看的水晶灯。"她对带着他们参观的女主人说。

女主人穿着一套黑色小礼服，气质非常好，听到赞美，客气地表示感谢。

客厅里已经来了八九位同学，都带着女伴，端着红酒杯散落在四处聊天。

莫非被一个相熟的同学叫走，王笑笑无意社交，只想在这个视野格局一流的房间里好好享受一下舒畅的心情，她拿了一杯酒站在阳台边一边欣赏窗外景物，一边等明珠过来。

此时此刻，坐在梁瀚文车子里的明珠却感到一种无形的压力。

圣诞节在空气中制造了一种狂欢的氛围。今天，她早早结束掉一天工作，回家装扮一番，带着美丽的心情坐进了梁瀚文的车子。她穿了一件白色的无袖小香风裙子，配着黑色的香奈儿包，微卷的头发放下来，整个人自带一种优雅气质。

"hello！"她一边神采奕奕地打开车门，一边热情地和梁瀚文打招呼。

"今天心情不错哦。"梁瀚文温柔地看着她,又说,"你今天用的香水我格外喜欢。"他其实想说的是,你今天的打扮我格外喜欢,话到嘴边又重新组织了一下,担心太过直白,让女方觉得有被冒犯的感觉。

梁瀚文一向喜欢知性大方的女性,又非常欣赏女性有优秀的工作能力,而他看重的点全部出现在明珠身上,也难怪他心急难耐。

"你今天整体也很赞。"明珠也表扬男伴。梁瀚文今天穿了一套格子马甲西式套装,配上蓝色的衬衫,头发也被精心打理得一丝不乱,整个人看起来非常绅士。

梁瀚文立刻情绪更加高涨起来,他觉得今晚特别适合有所进展。

快到达目的地的时候,梁瀚文说:"明珠,我们公司最近也在做来年的预算,我是打算换掉今年的年度供应商的,已经合作了5年,感觉必须有新鲜的血液进入集团里来,我想拜托你们公司怎么样?"

话说得这样委婉客气,可是,明珠是冰雪聪明的人,他是要利用私人关系给她业绩呢。

明珠不由自主屏住呼吸,这个提议太突然了,本来今天一路相谈甚欢,她都几乎要决定给梁瀚文一个试试的机会了,可是,这个提议让她突然顿住了。

这分明是在给她压力啊,如果答应,她就必须有所表示,如果不答应呢?这么大一个订单也太过可惜了。

明珠一向讨厌把私人生活与工作混在一起，她犹犹豫豫地说："我们今天可不可以不谈公事？"

梁瀚文以为明珠会高兴地感激他，不承想，却让原本轻松的气氛突然沉重，马上说："你说得对，今天我们就要好好玩耍，不谈公事和学业。"

晚上 7:00 整，晚餐时间到了，女主人做了一件所有聚会组织者都会做，但所有参与者都不怎么情愿的事情，她把所有情侣和夫妻都拆散开来，以便大家可以认识新的朋友。明珠还好，因为大部分是她的同学，即使是同学的伴侣，也偶尔会碰面，所以左右都坐了熟悉的人，很快就相谈甚欢。

但王笑笑就不一样了，她并不属于这个班级，大部分人对她而言是新面孔，她发现自己坐在一位鼎鼎大名的互联网媒体主编的左边，主编右边是一名看起来年龄要比她小几岁的英俊男士。即使是坐着，也能看出该名男士至少身高有180cm，上身穿着休闲的白色T恤衫，下身穿一件黑色西裤，脚上的一双休闲皮鞋一看就质地上乘，这样的装扮时尚而有品位。在注意到他修长的手指时，王笑笑已经本能地想要施展魅力了，但是关键时刻打住了，她发现，即使隔着五六个人的座位，莫非的眼光也一直在她身上打转，她不能让他觉得自己轻浮，这个时候，一定是距离其他男性越远越好。

王笑笑在脑子里稍微思忖一番，就定了今晚的交际策略，她要和右边的女主编成为好朋友，虽然这位女主编一直有意无意把目光瞄向旁边的艺术家气质男士身上。

王笑笑微微倾斜身体，靠近那位主编女士，友好地给出开场白："你今晚真是幸运，坐在整场最帅的男士边上。"这位女士是一位30多岁的成功专业人士，名叫艾薇。

王笑笑已经猜测得七七八八，并且打算要在今晚助她一臂之力。

艾薇露出友好的微笑："帅得一塌糊涂。"

真是情人眼里出西施，事实上，王笑笑对所有艺术家和装扮成艺术家的人都没有什么好感，认为他们大多感性有余理性不足，生活在想象的世界中，对现实世界没有多少办法。

"所以，今晚一定加油。"王笑笑小声对她说。

"我看他对我并没有多少兴趣。"艾薇皱着眉头说。

王笑笑再一次打量这个新朋友，她发现她相貌中上，齐耳短发，气质干脆利落，唯一减分的是她穿了一件暗黄色的职业套裙。王笑笑很讨厌这种颜色，除非皮肤天生白皙，否则很少有人能穿出好气色来，还有，这套职业套装也许价值不菲，但是在这样的场合，明显不能衬托她的女性魅力。

还有，她的食指空空如也，证明她是一位单身贵族。

艾薇突然转身对着那位帅哥，好像鼓足所有勇气一样，清清喉咙，说道："你好！"

那位帅哥猛地回过头来，面色带着几分莫名其妙，回问道："你好！"

"很高兴认识你，我是38客的主编艾薇，是女主人的好朋友，今天她邀请我来的，不知道你是否关注过我们媒体，事实上，我们媒体的受众……"

王笑笑实在看不下去了，决定好人做到底："艾薇，不好意思，打断一下，你带纸巾了吗？"王笑笑一边问一边拉着她的胳膊。

艾薇转过身来，正要开口拒绝她，王笑笑不得不掐了一下她的手，艾薇终于意识到问题闭嘴了，那位男士则回过头去继续和旁边的女士聊天。

"你难道也对他感兴趣？"艾薇带着丝丝不悦问她。

"他完全不是我的菜，我只是有点看不下去，你看起来太那个了……"

"太那个了？"艾薇睁大眼睛看着她，"那个是哪个？"

"就是说显得非常饥渴。"

"我才不是饥渴呢，"艾薇小声嘟囔，"我只是想认识一下而已。"

"只要你先开口，不管你说这是为了表示友好，还是礼貌，效果都是一样的，别人都会看成是饥渴。"

艾薇想了想，一度想要开口反驳，但最后还是改变了主意："真的看起来像是饥渴的样子？"

王笑笑点点头，反正闲着没事，她今天决心发挥经验，在情场上指导一下这位成功的职业女性。

说实话，在过去的几年里，她一直很惊讶于成年女性寻找异性的方式，随着女性主义的崛起，所有的媒体及自媒体都在告诉女性，你要主动出击，才有得到心仪异性的机会。可是，在她看来，这简直就是两性交往里最大的误会。在她看来，要想恋爱顺利，女性永远不能是主动的那一方。

"那我该怎么做呢？"艾薇开始虚心请教她，不愧是聪明的职业女性，学习能力可见一斑。

"你们挨着坐，迟早会互相认识，他迟早会向你介绍自己，到时，你应该微笑地听完他的自我介绍，然后立刻避开他，转过身，完全投入另一场显然你更感兴趣的谈话。"

"如果他……"

"如果他问你问题，或者兴趣盎然地想要谈论什么，无论如何，都要这么做。"

艾薇陷入沉思，她在仔细斟酌王笑笑的话。

"女人应该矜持，应该把你自己看作奖励，一点点展开给男人，要让男人主动，不仅是第一次，而是一而再再而三，男人就会永远处于追逐者的角色，他们的征服欲就会得到充分地发挥，就会越来越爱你。"

艾薇已经开始不住地点头。

而就在这时，刚才那位男士结束谈话，身子转向艾薇，问："你好，我叫林真一，很高兴认识你。"

艾薇在回身之前，故意缓了一下，然后对着这名叫林真一的男子报以灿烂的笑容，她的笑容带着几分神秘，低沉地说："很高兴认识你，林真一。"

"你们媒体非常有名，我是你们忠实的读者。"

"真的吗？"她自信地一笑，然后转身背对着他，"笑笑，你刚提到那家法国餐厅叫什么名字来着？下周我想带闺蜜去过生日呢。"

真聪明，王笑笑心里想，果然是成功女人的智商。

她决定帮她演好这场戏，胡乱编造了一个地址，又添油加醋地说了一些不相关的事情，直到那位男子又转身去和邻座聊天。

"我是不是冒犯他了？"艾薇焦急地问。

"并没有，你很自信，也很有魅力，让他来追求你，他一定会问你要联系方式的。"

接下来发生的一切都是按照王笑笑设想的情节发生的，当艾薇回过身子时，林真一迫不及待地想要和艾薇继续刚才的话题，事实上，整个晚上，林真一都在试图与艾薇变得亲近。

王笑笑看着艾薇在她的指导下逐渐开悟，竟然有了一种罕见的成就感。

她喝了一口红酒，在人群中搜寻明珠的影子，看见她早已被两个男士围在中间，不知道在兴致勃勃地谈论什么。

明珠本身是有魅力的，她在情场上没有方法，但她本身个性比较保守，显得矜持，反而成为致命吸引力，再加上自身条件优秀，所以在男女关系上并不需要调教，但是她的问题在哪里呢？王笑笑想，她的问题在于她的恐惧，她貌似有亲密关系恐惧症。在这方面，她可帮不上什么忙。

她又四下寻找莫非，看到他和三个人坐着玩德州扑克，这不是她感兴趣的游戏，王笑笑站起来，朝卫生间走去。

在水池旁，她碰到了满脸红光的艾薇。

"亲爱的，你太棒了，今天真的谢谢你！"艾薇激动地拥抱她，好像她们认识很久一样。

"恭喜你，今天一定会很开心。"

"我觉得你真的有天赋,刚才我还在想,我们最近要和游族网络合作一档微综艺的恋爱节目,要请几位恋爱专家做点评,我觉得你非常适合,不知道你是否感兴趣呢?"

王笑笑听到自己的心跳声,她要上电视了吗?是不是有机会成名呢?虽然说她一向对于追求事业成功没有太大兴趣,但是真要能上电视,又是另一回事,这相当于她的身价要在情感市场上至少升高几个档次。

王笑笑强忍住自己的激动,尽量用平静的语调说:"听起来不错,或许可以详细聊一下。"

艾薇高兴地说:"那就这样说定了,这两天约时间我们详细谈谈。"

"没问题。"

走出卫生间的时候,王笑笑突然被一种异常美好的感觉包围了,她感觉幸运女神好像已经开始看到她了,从此以后,她王笑笑也要青云直上了。

18 努力重建自我的人

"明珠,这不是矫情的时候,在我看来,你正在走向人生的巅峰,你不是追求实现自我价值吗?看看现在,你是 ME 最年轻、最有前途的总监。"苏宁在电话的一头劝说她。

"你能明白那种感受吗?"明珠犹犹豫豫地说,她觉得自己很难表述清楚自己此刻的心情,因为连她自己似乎也并不能完全理解自己,"就是我一度以为,我找到了自己,因为我受到了世俗的认可,其实完全没有,这个'自己'是我按照社会大众的成功学模板塑造出来的自己,而不是真正的我想要成为的自己。就像是我的职业观是被约翰张重新塑造出来的,而不是我自己认真思考以后,按照自己的意愿塑造出来的。"

"好像理解……不过,能够按照社会标准成为准成功人士已经相当不容易。"

"可是,苏宁,我还是想成为我自己。"

"但是,明珠,与两年前的你相比,我更喜欢现在的你,自信、进取、能干。"

"真的是那样吗？"明珠犹疑地说，她眼里的自己不择手段，没有原则，渐渐利益至上，长此以往，势必冷酷无情，精于算计，她已经记不起自己做这份工作的初心和梦想，工作已经彻底沦为追逐利益的工具，不再是实现梦想的途径，她感受不到工作的温度和快乐。

"明珠，不要多想，你太累了，好好睡一觉，起来会变得神清气爽。"

明珠"嗯"一声，她心知肚明，这不是睡一觉可以解决的问题。

时间很快滑到了32岁。

这是深冬里一个狂风乱舞的日子，一大早上，明珠在办公室里翻着日历，突然意识到，这是她32岁的第一天。

尽管几天前，她已开始陆续收到来自朋友的生日礼物，但真正到这一天，又是另一种感慨。

没有男友，没有庆生的局，有的只是一群待回复的邮件和待办的事项。

让她惊讶的是，母亲突然打来电话，向她祝贺："珠珠，生日快乐！"

明珠竟有些不知所措，她感到一阵难为情，她们虽然是母女，但除了互相埋怨，从小至大，极少有温情的时刻，以至于突然听到这样有感情的表达，她竟然怀疑接下来又是一个新要求。

明珠听到自己说："还有其他的事吗？"

电话另一边的母亲显然也感到难为情:"没有了。"

"那我挂了,我要工作了。"

电话挂断了,明珠觉得心头一阵难挨。

她们母女一场,关系可以简化到要钱者与给钱者,除此之外,说什么好像都是假的,真正是悲哀。

明珠曾经数次问自己,你相信你的母亲也真心疼爱你、关心你吗?

心底那个声音立刻响起:不不不,从来不相信。

明珠又问:你既然知道,为何还要接受无理由的索取?她明明有钱,却一直向你索取。

心底那个声音继续回答:因为愧疚,因为我不能忍受自己的愧疚感。

听到这个声音,明珠突然吓了一跳,她一直以为她出于对家人的爱,出于善良,出于正确。这个时候才发现,她没有那么伟大,她是无法面对自己的愧疚。

她害怕被冠上不孝的名声。

原来,要负责任的始终是她自己。

在 32 岁的这个节点上,明珠终于认识到,她所有的抱怨,所有的承担,都不是外力所致,那个最终要做出选择,并且为选择负责任的人,是她自己。

她之所以成为今天这个样子,是因为她选择成为自己,不存在环境逼人,生活从来不缺选择,她应该自己为自己负起责任。

傍晚的时候,她按时下班,决定出去看看街景。

走进这个城市最繁华的购物场所，她想为自己买一份 32 岁的礼物。

她问自己：我需要什么呢？

也是在那一刻，她突然意识到，这好像是她有生以来第一次认真问自己这个问题。长久以来，她都习惯性地满足别人的需要，从未考虑自己的需要。就像从小到大，母亲从未送过她一件生日礼物，也从来没有问过她：你想要什么？

这个问题长久地被忽略，以至于她差点忘记生而为人，她首先要满足自己的需要，为自己而活，而不是为母亲、弟弟、老板、别人的目光而活。

成长了 32 年，明珠觉得这是她真正"成人"的一天，她不仅看见了自己、听见了自己，也开始听从和肯定自己的声音，而不是让各种观念、说教和权威来代替她思考。

逛了两个小时，最后，她给自己买了一双鞋。

这貌似是一个好的兆头，32 岁了，她不要被任何东西绑架，包括年龄、观念、道义，她想穿着一双崭新的鞋子走自己的路，成为真正的自己。

逛累了，晚上 9:30，她决定去城中海拔最高的酒吧喝一杯。

孤家寡人又怎么样？有多少人同床异梦，那才是真正孤独。

失败了又怎么样？在人生的这条单行道上，没有人是常胜将军，我不用特意做给别人看，告诉别人，我是一个成功的人。

在这一刻里，明珠突然接纳了自己。

她开始接纳真实的自己，而不是那个想象中的自己，她开始遵从自己的感觉，而不是大众的观念和简单的对错，比如，成功与失败、拥有与失去、值得与不值得。

这是一个孤清的生日，但也是她最踏实、最享受的一个生日。

第二天，明珠给约翰张发了一封邮件。

约翰张一收到邮件立刻从座位上站了起来，他在微信上呼唤明珠。

几分钟后，明珠走了进来。

约翰张看见明珠整个人神采奕奕，心里已经有数，多说应该无用，她已打定主意。

"要另寻高枝？"

"不是。"

"工作不开心？"

"不是，最不开心的时候已经过去。"

"那是？"

"老板，我想创业。"明珠坦白说。

"为什么？"约翰张吃了一惊。他知道她能干，但还未发觉她这么有野心。

"我想按照自己的意愿建立自己的事业。"

"干好一份职业，同样可以是自己的事业，再说，你已是 ME 最年轻的总监，前途无量！"

"老板，不同的，我想亲手制定规则，坚守我认为可以坚守的，放弃我可以放弃的。"

约翰张突然明白了明珠说的是什么意思。

与此同时，他有点伤感，他发现自己有点舍不得。

他站起来，倒了两杯威士忌，放一杯到明珠面前。

"明珠，你一个女孩子，不用那么辛苦的。"约翰张缓缓地说，问了那么多，这才是心底的话。

明珠一怔，她没有想到一向鼓励她冲锋陷阵的老板，会在此刻记起她是女儿身。

"我可以依靠的不过是我的努力，反正横竖是辛苦。"

"有一份稳定的职业，过两年遇到合适的人，结婚生子安定下来，不是也很好？"

有那么一刻，明珠觉得约翰张有点像一个老父亲，在替女儿打算未来。

明珠哑然失笑，老实地说："老板竟然舍不得我离开。"

约翰张叹口气，知道已经没有回头余地。

过一会儿，他说："创业不比在公司工作，艰难险阻难以想象，如日日走在钢丝上。"

"我知道的，但我想试试自己几斤几两。"

"那有什么需要帮忙的，一定告诉我。"约翰张伸出杯子来，"说实话，我还是看好你的。"

"那就足够了。"明珠感激地说。

笑笑得知这个消息后，惊讶得下巴都要掉下来了。

她连珠炮一样地发射过来："明珠，你疯了吗？不是刚刚升职吗？你还结婚吗？"

明珠忍不住大笑。

"我没疯，我只是想创业而已。"

"万一失败了呢？"

"失败就失败吧。"

"工作也丢了，你后悔也来不及。"

"工作丢了，还可以找啊。"

"你个死女人，真拿你没有办法。"

这个晚上，她们相约一起吃粤菜。

明珠对笑笑最近的新变化感到惊讶。

她最近在录制一档名为《恋爱如何谈》的综艺节目，担任场外点评师，虽然没有坐进专家团的队伍里，但王笑笑已经乐不可支了。

一进来就嘻嘻哈哈地讲了一堆有趣的事情给明珠听，明珠第一次看到王笑笑如此热爱工作，也为她感到高兴。

明珠因为心情轻松，胃口大好，吃下一大碗饭和各种菜后，仍然贪婪地看着菜单要加甜品。笑笑笑话她："这样牛一样的胃口，就不担心发胖？"

明珠回她："在办公室干了一天活儿的人，只会担心有没有力气。"

笑笑为她不值："年纪轻轻，干吗要浪费时间在办公室里，青春是不等人的。"

"我的青春已经飞走了，多想无用，我才不平添苦恼。"

"找个有能力的老公养着自己，不是也事半功倍？"

明珠一怔,这话似曾相识,她想起来,前几天约翰张也和她说过。

找一个有钱有能力的老公,每天挂住他的脖子,不管爱不爱他,先要讨好他,看他脸色,让他喜欢她,进而痴迷于她,然后乐意为她买买买,他逐渐成为老板,她成为雇员,婚姻成为买卖关系的契约,明珠自知自己做不到。

她希望对方真心欣赏她、尊重她,她也真心欣赏对方、爱慕对方。她不需要向对方索取什么,对方要是真心爱她,愿意给予,那才是甜蜜;她若是真心爱慕对方,愿意付出,那才是幸福。

"你看我,没得选,工作已经选择了我。"明珠摊摊手作无奈状。

"梁瀚文多好,是你不懂抓住机会。"

"梁瀚文是不错,可他真的不适合我,我们在价值观上分歧多多。"

笑笑夹了一根菜叶子放到盘子里,明珠注意到,这是今晚她吃的第三根菜。

"其实,我以前总觉得一个女子把大把时间花在办公室是一种无奈之选,但发现你甘之如饴,总觉得奇怪。可是,最近好像也有体会。"笑笑想起自己每天不辞辛苦地录制节目,做各种准备工作,经常熬夜到凌晨 1:00。

明珠笑起来:"工作让人找到支点和价值点,赋予人力量。"

"不过呢,还是想要靠住一个人、一个家庭,才觉得生活安稳。"

"我呢，从小到大，没有靠住过另一个人、另一个家庭，所以不知道那是一种什么感觉。"

笑笑伸出手来握住明珠的手，她理解她的难处。

明珠也抓住笑笑的手："我希望你能尽早结婚，建立幸福的家庭，让我亲眼所见、感同身受，然后心向往之，遂模仿之。"

两个靓丽女子攥着双手动情地讲婚姻家庭，这画面多少让人想入非非。

明珠注意到身边人目光，把手抽出来，说："感觉像是我俩在发表爱的宣言。"

两个人齐声笑出来。

正笑着，有人走过来说一句："明珠，好巧。"

明珠一抬眼，看见约翰张走过来，顿时张大了嘴。

"我正在陪客户吃饭。"约翰张用手指一指。

明珠介绍好友给约翰张认识："这是我闺蜜，王笑笑。"

"幸会，早听明珠提起你聪明伶俐，上次安匠的案子也帮了很多。"约翰张老练地伸出手来。

两人客气地轻轻一握。

笑笑客气地说："常听明珠说她老板风度翩翩，果不其然。"

"哪里哪里，明珠经常说反话，那是刻薄我呢。"

明珠假装辩驳："我哪里敢刻薄老板，老板是火眼金睛。"

3个人都客气地笑笑。

约翰张绅士地离去。

笑笑看着约翰张远去的身影,笃定地说:"他对你很特别。"

"我能干,为老板分忧,老板自然看重我。"

"没有别的吗?能把西装穿得这么妥帖的人也不多。"笑笑嘴角带着几分诘笑。

"我不喜欢男人四处留情,他不是我的菜。"

笑笑叹口气:"你啊,不知道错过多少钻石王老五。"

这一晚上两个人聊得好不畅快。

19 故事总有另外一面

工作10年后,重新出发,明珠觉得自己面对的是一场赌博。她拿宝贵的青春、精力和运气来与命运做一场豪赌。

她站在客厅中央,环顾四周,拿出破釜沉舟的勇气对自己说:"明珠,从此以后,这里将是你的出发之地,你将凭借一双手,创造属于你自己的历史。"

但豪言壮志和满腔热血在面对现实的残酷时几乎没有任何效力。

发了一百多封营销邮件以后,明珠没有收到任何有效的回复,束手无策之余,她一遍一遍地叹气。

正在消沉,突然看到一封邮件自电脑右上角滑入,她差点笑出声。

人都说否极泰来,可不是嘛。

慌忙点开后,惊讶得差点跳起来,竟然是IU发来的邀请函。

IU的市场部副总裁雷建军一直感谢明珠在关键时刻以老客户利益为重,在一次偶然的年度预算会上,看到一个年度广告片的预算,于是想起了明珠。

他问:"万明珠小姐还在服务我们吗?上次ME给安匠集团做的广告片很不错,这一次可以委托万明珠小姐亲自负责创意部分。"

下属回复他:"万明珠已经离职,听说已经自立门户。"

雷建军微微顿了顿,又说:"这样也好,可以请她来参与比稿。"

下属立刻记下来。

种瓜得瓜,种豆得豆,明珠此刻更加肯定自己的商业价值观:服务业本质上是服务人,所以在人和利益之间,她还是选择人。这样的价值观本质上和她的个人价值观也较为相符。

激动之余,她回复了对方,详细告知自己是安匠年度广告片的主要创意人和负责人,又很快收到回复,对方告诉她面见时间、地点和面谈内容,明珠像是抓住了救命稻草一样,马上着手准备起来。

她马上联系之前的拍摄团队,准备详细立项团队信息。

明珠首先联系导演,知道他爱财,以高分成引诱他。

哪知这导演看到信息,本来是眼前一亮,但过几秒钟就想起上次明珠嬉皮笑脸地为难他,顿时又觉得心头这口气得出一出,又联想到明珠此时此刻的处境,想她也没有什么退路。于是又理直气壮地讨价还价,要求利润加两成。

明珠本能地想拒绝,但一想今时已不同于往日,必须委曲求全,重要的是把案子拿下来,于是回了一个"OK"给他。

导演立刻解气,心想:真要开拍,这次得换你看我脸色。

明珠不放过任何细节,又去媒体人和公关人聚集的 W 酒吧打听 IU 的消息,只是一次会面,她已将这家公司市场部每个人的来龙去脉、品位喜好以及之前用过的供应商信息打探清楚。

等到会面的当天,她已经信心十足,虽一个人前往,但貌似带着千军万马的气场。

她没有想到的是,在等候区,她遇上了约翰张。

约翰张显然也吃了一惊。

此一时彼一时,昔日他们是战友,今日却是敌人。

还是约翰张老练,他顿一顿,收起尴尬的表情,热情地招呼明珠坐过去。

"明珠,干得好,刚起步就可以来竞标 IU。"

"老板,是你教得好。"明珠立刻递给约翰张一顶高帽子。

约翰张不客气地说:"明珠,要加油啊,我不会手下留情的。"

明珠本来觉得不知如何自处,被约翰张这么一说,反而释然,她点点头:"老板,请不要让着我,你了解我的,我可是见缝插针的那一个。"

约翰张和她约定:"明珠,这一次,赢了的那一个要请对方喝酒,可以吗?"

明珠正要说"一定",但是目光马上被门口进来的一个酷酷的女子吸引,呆住了。

两年没有见,她还是一眼把她认了出来,是王明娜。

她仍然留着短发,但是染了灰金色,更显得面部皮肤白皙,穿着香奈儿的黑色马甲裙，露出清晰的锁骨线条，还是一样的时髦干练。

和她相随的是两个年轻帅气的高大男生，穿着休闲的西装，拎着黑色电脑包。

约翰张顺着她的视线看过去，脸上瞬间出现数种表情，先是惊讶，又是疑惑，之后是镇定。

这3个人太惹眼了，在座的十几个人不约而同地向他们行注目礼。

明珠注意到，王明娜和两位男士的电脑包上清一色地印着"BRIDAGE"的字样，记起市面上有几家国际公关公司，只做特定高端客户，虽然名声并不像大公司一样显赫，但在特定领域内，独领风骚，BRIDAGE就是这样一家英国公关公司。

王明娜马上看到他们，显然消息更灵通，好似早已知道他们会在，神色非常自然。

她先开口："好久不见。"

明珠和约翰张异口同声："好巧。"

约翰张高超的人际关系能力马上显现出来，他好像见到一个老朋友一样，早已经忘记曾经的龌龊，热情地问："明明，现在在哪里高就呢？有空出去喝一杯。"

王明娜礼貌而疏离地回答："会有机会的。"

这时，甲方联络人员出现，宣读面谈顺序，众人安静下来。

轮到明珠时，已经是傍晚时分。

在面谈现场，明珠一个人对着3位市场部同事侃侃而谈，她准备充分，因为不知道这次谁来主导，她提出3种思路，分别应对 3 个市场部高层的偏好风格。

3 位市场部高管看着这位年轻的创业女老板自信大方的姿态已经有几分好感，再加上专业的讲解，对答如流，好感渐增，但是考虑到明珠的如意传播是一家创业公司，有点担心垫资和执行情况。

明珠有备而来，早已将执行人员名单详细列出，又一一讲解各自经验和背景，面谈的 3 位高管互相交流一下眼神，担忧又减轻了一半。

最后，他们问了一个最为在意的问题："看资料，安匠今年制作的品牌宣传片《回归》是你负责的创意？"

明珠马上回答："创意来自我本人，执行我是主要负责人。"

3 个人又疑惑地面面相觑。

坐在中间的 40 多岁的中年女子说出 3 人的困惑："刚刚 ME 的副总也在，他说《回归》的创意是他带领 ME 三组想出来的，而且，就在上周，他凭着这个片子夺得了公关界的创意奖桂冠。"

明珠暗暗吃惊，她印象中的约翰张可是正人君子，从来不会邀下属的功劳，对待任何人都公平。如今站在不同的立场，她看到了他的另外一面。

当然，商场如战场，她不能要求他对待敌人像对待战友一样公平。

明珠心中搜索答案，最终说："我已经离开 ME 公司，不能要求别人为我证明，只有用这次的创意来证明，我是《回归》的创意人。"

对方点点头，结束了这场面谈。

明珠退出来。

打完第一仗，她揉揉眼睛，深觉力竭，跑到 W 酒吧喝一杯。

正是黄昏时分，酒吧里没有几个人，明珠要了一杯威士忌，一边漫不经心地喝着，一边回味刚才面谈情景。

有那么一个瞬间，她觉得她从来都没有真正认识过约翰张。

就在 3 年前，约翰张因为何辰佑的离职而夺得当年的创意人大奖；两年前，约翰张因为王明娜的离职而再获创意人大奖；今年，又因为她的离职，再次获得创意人大奖……

明珠本以为她和约翰张只是在商业价值观上有分歧罢了，现在看，约翰张貌似已经丧失职业道德底线……

正在走神，冷不防听到一个略显熟悉的声音："好巧啊。"

一回头，又吃了一惊，是王明娜。

明珠想起她离职时的那个记忆深刻的"踉跄"，心下猜想她应该还在恨她，立刻警觉起来。

她在明珠旁边的高脚凳上坐下来，自顾自点了一杯血腥玛格丽特。

明珠注意到她神采奕奕，身体放松，猜想近况还好，应该不至于是来找她算账的，先憋着不说话，看对方反应再见机行事。

"怎么样？和你亲爱的老板成为竞争对手的感觉怎么样？"

明珠觉出她并不怀恨在心，心下稍稍安定，一边举起酒杯示意她，一边回复她："职场中人，都是身不由己。"

她想借这句话也告诉她：你我也不过是职场中结下的恩怨，并没有针对个人。

王明娜倒也领情，立刻和明珠碰杯，大有一杯酒泯恩仇的架势。

王明娜开门见山："你别紧张，我并不恨你，不是什么身不由己，而是你不过也是一颗棋子，和我一样。"

明珠转回身看着她，等她的下文。

"你以为是你赶走了我？太天真了吧，就凭你？或者你的能力？加上一点美貌？"

明珠屏住呼吸，她承认她确实以为事情是这样的。

"你不过是做了一把刀罢了，约翰张是借刀杀人，老狐狸一只。"

明珠一头雾水："为什么这么说？"

"约翰张一直对我有意见，因为我做事并不听他指挥，总部老板又喜欢我，他怀疑我和他不在一条战线上，这是其一。其二是《故乡的云》那个广告片要申报金鱼奖，如果我不在，创意人自然就落在了约翰张的身上，所以，他希望我走……对了，你亲爱的前老板何辰佑的离职，约翰张应该也出了不少力，你真以为这么多年来约翰张那一长串的奖项，是凭借自己的才华获得的？"

明珠感觉胃里好像有什么东西在翻腾。

她说："有一天，我看见你在他办公室哭诉告状，如果真如你所说，你何必多此一举。"

"明人不说暗话,我想服软,但约翰张不买账。"

"约翰张不像是那样的人,他一向比较公正。"明珠试图说服自己。

"公正?"王明娜像是听了一个天大的笑话一样,嘲讽地笑起来。

"你知道我为什么不恨你吗?就是这一点,你还相信成人世界里的公正。"

明珠微愠:"你是故意要破坏我和约翰张的关系。"

"没想到,你坐那个位置这么久,还是那么小白兔。"王明娜不可思议地摇摇头,继续说,"破坏你和约翰张的好关系?于我有啥利益?还有,你们有啥好关系?"

王明娜的电话在这个时候响起,她接完电话,站起来,自顾自地拿着杯子和明珠的杯子碰一下:"你信不信,我并不介意,我要走了。"

走了几步,又折回来对明珠说:"我担心你还是想不通,提醒你一句,约翰张希望你走,应该是因为《回归》申报了行业奖项的评选,如果你不在,创意人自然是他了。对了,再补充一个信息,关于你和约翰张的绯闻你一定以为是别人恶意猜测吧,你永远不会想到这是约翰张的策略吧?这相当于告诉所有人,你的所有成绩都来自他。"

她在门口被一个高大的男生接走,明珠认出是下午会场见过的一位。

明珠一个人呆坐着喝酒,她想,还用别人告诉她吗?不需要的,她一早就看出蛛丝马迹。否则,她为什么坚决离职?

如果在过去的几年里,她所相信和坚持的一切一次一次坍塌了,那么,这一次,她要用自己的双手重新建立一切,完全始于自己、忠于自己,那种感觉犹如盘古开天辟地,亲手创造一个崭新的世界。

明珠一个人呆坐了近两个小时后,起身回家。

过了几天,明珠收到方案入围的通知,长长出了一口气。

对方愿意给她机会,可见真正认可她这10年来在圈内创造的口碑,明珠这个时候突然意识到,一个人耐着性子踏踏实实努力有多重要。也许不能很快创造出物质基础,也不能很快获得应有认可,但终有一日,那些付出的努力、加过的班会以另一种方式回馈你。

她准备招一个助理,于是在各种渠道上发出招聘需求。

在研究方案的日子里,她接到一个求助电话。

"姐姐,快帮帮我!"对方在电话里直接叫起来。

明珠一时茫然,是谁呢?

"姐姐,我同学的妈妈重病,现在想要向公益机构求救,但是不符合各项基金会的筹款标准,再不进医院,我同学就没有妈妈了……"电话里的声音由急促转为哽咽。

明珠头脑中突然闪出一个人影:一年前的一天,人力资源部的一个副总敲开她办公室的门,尾随他入内的是一个身材高挑、面孔精致的漂亮女孩子。

她刚看清来人,对方已经笑嘻嘻地和她打招呼:"漂亮姐姐好!"

人力资源副总马上回头叮嘱她:"工作场合,叫明总监。"

明珠马上听到一声甜甜的问候:"漂亮的明总监姐姐好!"

明珠不由自主牵动嘴角笑出来。

人力资源副总佯装无奈地摊摊手:"明珠,这是我朋友的女儿韩扬,暑假刚从美国回来,看能不能在你组里实习3个月,这几个总监里,你带人最有办法,我只能来找你了。"

没等明珠讲话,那伶俐的小姑娘已经说:"漂亮的总监姐姐,我英文很好,沟通能力没有问题,做事认真,一定会跟着你好好学习的,就收了我吧。"

明珠多少被女孩大方爽朗、自信热情的姿态所感染,心想,一个人的出身真是一个人的底气,她想起前几天通过正常流程进来实习的另一个女孩子,明明即将在国内最顶级的高校毕业,但整个人神情委顿、小心翼翼,好像精魂被框在了一个架子里,看不到活力和自我,明珠看一眼便预料,这种孩子不会做错事,但也别指望能承受压力、工作成绩有惊喜。

明珠听见自己说:"没问题,欢迎你,韩扬,孙副总推荐的人一定错不了。"

之后这女孩很快和同事打成一片,而且堪称劳模,但做事总是不够细心,也让同事头疼,优点和缺点都异常明朗。

明珠回过神来,心想:这个时候,韩扬应该正好自美国毕业了。

明珠问清事情前后,想到之前有合作过一个众筹的公益项目,或许是解决之道。

她打了几个电话下来,事情已经搞定大半,但唯一问题是,她需要亲自写一篇众筹文案,帮助对方募集资金。

明珠想到提案进度,微微皱眉。

韩扬在电话里撒娇:"亲爱的亲姐姐,你就帮帮我吧,再说了,做了好事会有好报的。"

明珠不吃她这一套,但马上有了主意:"这样,你先出3个文案思路,你来执行,我来修改。"

韩扬立刻领命。

隔天一大早,明珠倒了一大杯黑咖啡坐到电脑前,打开邮件第一眼看到韩扬发来的大纲,不由自主"嚯"了一声,再看时间是凌晨4:40,知道她熬夜做了一个晚上,不禁有点感动。

但是细看文案思路,又是哭笑不得,平铺直叙的写法哪里能抓住互联网的眼球,明珠看着提纲,已经不由自主动起手来。

再抬起头时,已经是傍晚时候,明珠伸一下懒腰,合上电脑,这个时候才听到肚子已经咕咕叫起来,眼睛酸涩,头脑发涨,低血糖让她深觉力气已经消耗殆尽,她点了外卖,走到阳台去喘口气。

辛苦劳作后好好吃一餐,真是感觉幸福和充实。

一边看着夕阳,一边吃饭,思绪开始发散……

电光火石间,她扔掉手中的筷子,跑进客厅,灵感就这样砸中了她,她找出电脑记下来:撇开传统广告的形式,采用微电影的形式,不用直接推出产品,而是拍摄公益广告,然后进行品牌挂名,甚至延展开来,线上线下相结合。

基本创意思路就这样敲定。

明珠要做创意小样片,需要找导演合作,但在初创阶段,她基本拿不出前期费用,该如何说服导演投入呢?她真正发愁。

电话响起来。

"明姐姐,众筹那边答应这周五就上线!我的亲爱的好明姐姐,我要请你吃好吃的……"

这撒娇的甜腻声音让干了一天活儿的明珠好不受用。

明珠今天一定星运不同凡响,灵感多多,她打断撒娇的韩扬:"不用你请我吃饭,该你帮我了,帮我搞定一个难缠的导演。"

明珠决定就地取材,充分挖掘韩扬的天赋,向她大概交代一番事情的前因后果,韩扬已经胸有成竹:"明姐姐,我一定使出十八般武艺,给你一个满意的答案。"

明珠立刻笑逐颜开,她知道她找对了人,她需要的就是这样的女战士。

韩扬灵机一动,又撒娇说:"明姐姐,我刚毕业,不如就和你一起创业吧。"

明珠心中"呀"一声,真是众里寻他千百度,那人却在灯火阑珊处。

韩扬激动地说:"明姐姐,给我多少工资都行,等我们公司赚了钱我再拿工资也行,总之,我就喜欢你,想和你一起做事。"

明珠已经被漂亮小妹妹哄得眉开眼笑,连声说了几个好。

再过一日，众筹的文案上线，两个小时已经创下10万点击量，筹款数目激增，事情终于找到出路。

爱钱如命的导演被韩扬缠得嘴上叫苦不迭，心却开始飘在云端，在吃了几天贴心的下午茶后，终于答应下来。

明珠和韩扬首战告捷，击掌庆贺。

20
A GOOD FIGHT

接下来的时间，明珠一头钻在后期机房里改片子，导演已经把和她吵架变成了日常工作，一会儿抱怨她改得没有逻辑，一会儿抱怨她占用他太多时间、精力，一会儿又生气地扬言不干了，明珠一边阿谀奉承，一边以怒制怒，不得已的时候，又像大人哄小孩一样给他买酒买烟，在创作灵感迸发的每一天里，都要斗智斗勇，真是前30年积累的十八般武艺全部派上用场。

偶然有一日，笑笑带着明珠喜欢的咖啡、蛋糕来看望她。

笑笑看着好友披散着头发，坐在乌烟瘴气的机器房间里，全神贯注地盯着屏幕指手画脚，旁边是几个不修边幅、神情委顿的油腻男人，不远处的另一张桌子上堆砌着垃圾食品的残骸：咖啡纸杯，一些薯条、汉堡盒子，可乐瓶子等。

笑笑隐隐闻到一股汗臭的味道，本能地想要退出来，这不是她喜欢的闪亮世界。

她想起明珠曾经的办公室，那松软的红色沙发让她每次去都想在上面睡一觉，墙壁上梵·高的《星空》看着爽心悦目，还有那有着白色薄纱窗帘的落地窗,站在窗户前可以看见这个城市最绚丽的晚霞。还有,因为明珠喜欢用小苍兰香水,整个办公室都有淡淡的甜香。

那样的环境里,笑笑总觉得明珠不是在工作,而是在创作,可是今天看到这个场景,又觉得她不是在工作,而是在做牛做马。

笑笑想,这个女人是不是失心疯了?或者是什么自虐症晚期?好好的光明大道不走,非要走这铺满荆棘的羊肠小道。

明珠看见好友,整个身心都得到放松,不管三七二十一,先一口吃下3块大蛋糕。

笑笑想知道这块电脑屏幕究竟有啥魔力,左看右看,不由自主问了几个问题。

但听了七八分钟,已经毫无兴致,拉着明珠出去吃午饭。

"什么?又换了?"明珠本来要伸向一块红烧鱼肉的筷子突然停在了半空中。

她们每次见面,都让彼此震惊,大概也是好事,变化代表着活力,证明她们仍然在创造着自己的新生活。

和上次的胜利者姿态不同,这一次笑笑显得有些失意。

"没有常胜将军,情场也一样,这一次,我是那个被淘汰的人。"

明珠突然笑出来,原来情场和商场本质完全一样。

笑笑佯装生气:"你幸灾乐祸?我知道的,你一早不看好我这段恋情,你觉得我没有用深情,太过势利眼,迟早要栽跟头，因为对方并不傻，是不是？"

明珠一时呆住，该懂的道理她全懂，明珠想，这么聪明的笑笑，要是把心力用在事业上，大抵要超出她数倍。

但她嘴上仍然说："情场的事情我懂得不比你多，只是总觉得，如果你能真心爱一个人，对方也真心爱护你，我会更加想要祝福你。"

笑笑叹口气："他只想谈恋爱，所有说的关于结婚的话不过是想得到一个玩伴。这种二世祖我算是看透了，真要是结婚，一定把你全身上下都衡量过，得到什么付出什么，堪比精算师，而且更气人的是，自己还不能做主。"

明珠想，她终于看明白了，是不是？人生的智慧还得靠自身经验，别人的忠言往往逆耳。

"其实，我又何尝不是精算师，我们也算棋逢对手，"笑笑讽刺地说，"既然大家在一起是精算的结果，分起手来倒也心照不宣，干脆利落，没有任何牵挂。"

"那么，现在这新的一任又是谁？"明珠问。

笑笑突然转变幽怨态度，眉开眼笑："还不能公布，等尘埃落定我再告诉你。"

"这么神秘，这可不像你。"

"这回不一样嘛。"

"行行行。"作为好友，明珠只希望好友快乐，得偿所愿。

不一会儿，笑笑接到准男友电话，一个劲咻咻地对着电话笑，明珠觉得她神经兮兮，刚才的一脸精明样一扫而光，像个中二少女。心想，对了，这应该才是恋爱的样子，看来这次应该是真命天子。

吃完饭，笑笑绕道去看男友，明珠回到后期房间里继续干苦力，又过几天，终于熬出了头，大功告成。

明珠和导演都觉得这番精神上的撕扯没有白白浪费，竟也生出一点战友的情分来。

明珠走的时候，导演破天荒地嘱咐她："从没见过你这么较真的人，这个标你一定得拿下来，否则你对不住我。"

明珠也感激导演的努力，忙不迭地说："必须的。"

方案概述和样片发出去后，明珠觉得心头重石落地。

但是只隔了一会儿，她就开始焦虑不安，在阳台上来来回回走动，让韩扬丈二和尚摸不着头脑。

她没有猜错。

约翰张相信"功夫在诗外"，这才是他的强项。

此时此刻，他正在一家私人预订的餐厅里请客户吃饭。

而这个人就是 IU 的 CEO 王崇光。

约翰张为了见王崇光几乎动用了所有的关系网，从一个半月前联络，到今天终于成局。

王崇光是一个40岁出头的中年男人，年轻有为，前途无量。

王崇光本来最讨厌供应商找他，无奈他躲来躲去，总有躲不过的时候。约翰张功夫做得深，他找到了王崇光在英国读书时的老师，并找了个天衣无缝的理由，那就是请教一些投资领域的问题。

王崇光只得答应下来。

但约翰张只是简单和他寒暄几句，就隐约感觉到了王崇光的疏离，约翰张内心思虑：他是信不过他，还是另有其他原因？

来来回回喝了几轮酒，约翰张仍然拿不准对方真正心思，索性决定赌一把："我是非常想和王总做朋友的，就是不知道王总是否赏光？我也愿意为此满足王总所有的要求。"

王崇光干脆利落地说："做朋友我当然是愿意的，不过呢，既然是朋友，咱们就定个规则，只谈私事不谈公事，你说呢？"

约翰张心里一咯噔，表面上不动声色："当然了，我同意。"

王崇光继续说："既然是朋友，我就直接说吧，在我这个位置上，实在过于敏感，为了避免麻烦，我给自己立了个规矩，公事和私事彻底分开，不明之礼一概不收，还请理解。"

话说得这样明了，约翰张觉得再深入表达就令人生厌了，又闲聊了半个小时，宾主客气地离场。

送走王崇光，约翰张不由自主地扯扯领带，眉头皱了起来。

不怕对方胃口大，就怕对方无欲则刚。

真要靠方案取胜，一切就陷入了未知数，约翰张不喜欢这种感觉，他得仔细想想突破口。

而此时此刻，在明珠的客厅里，韩扬正在和舅舅通电话。

韩扬的舅舅是一家国际战略咨询公司的全球合伙人，人脉相当广泛。

看到外甥女这么认真做事，舅舅心里表示十万个愿意支持，于是替她分析道："王崇光那个人，打过几次交道，是绝对务实派的君子，他非常爱惜自己的羽毛，相信我，做好分内事，别的不用分心。"

一旁的明珠听了后已经眉开眼笑。

韩扬挂了电话后,向她邀功:"老板请我喝酒吧。"

明珠点点她的眉心,这个机灵的美女敢付出敢要求,做什么都那么理直气壮。

这种女子在社会上无论如何都不会吃亏,真是出身带来的一笔财富,否则,非得天大的悟性才能在后天修炼出这样的气场格局来。

她笑着答应下来。

韩扬乘胜追击:"我要去城中海拔最高的酒吧,好姐姐,你一定同意是不是?"

"是是是,都以你说的为准。"

半个小时后韩扬已经化好浓重的粉红色眼影和大红唇,穿了真丝黑色吊带裙,身体曲线毕露,整个人青春妩媚,看得人离不开眼睛。

她一边往脸上扑粉,一边抱怨明珠的化妆品太少,不合心意。

明珠无奈地笑笑,感慨道,真是个十足的现代都市女子。

她被影响,也开始拾掇起自己来,紫色眼影、桃色口红、蜜粉腮红一一涂上,又找出衣橱里那件白色贴身连衣裙,记忆中上一次这样装扮自己还是两年前的圣诞舞会。

两个人一黑一白地出门,像是姐妹花,怎么看都是一道亮丽的风景。

做一个现代女子真心好,自由随性,想要什么,自己去战场搏斗,想要开心,方法多多。

韩扬"视酒吧如归",一眼看见风景最好的位置,蹦跶过去坐下来,陷在柔软的红丝绒沙发里,像一只小猫,起不来了。

两人点了两杯红酒,正絮絮叨叨说闲话,两个年轻帅哥来搭讪。

"美女,可以请你们喝一杯吗?"

明珠以为30岁以后人们会尊敬地称呼她一声"姐姐"或者"女士",不承想还有人叫她"美女",真是极大的恭维,正走神,韩扬已经应下来:"好呀,我要喝最正宗的法国香槟。"

两个帅气年轻人立刻坐下来,讨好地说:"没问题,包在哥身上。"

说话间,已经举手示意服务员过来,点好一瓶香槟,明珠看两人穿着行为,已经猜得差不多:富二代,国外留学,二十七八岁的样子,酒吧常客,喜欢玩耍,并不纨绔。

其中一个穿着白衬衫,梳着小平头的年轻人提议:"我们来玩一种游戏。"

得到大家的附和后,他接着说下去:"一个人说一种酒的名字,然后坐在右手边的另一个人来描述这种酒的任何一种特质,可以是这个酒的特点,也可以是背后的故事,然后以此类推。"

韩扬立刻毛遂自荐:"我第一个来!龙舌兰。"

明珠想起她曾经为了接待法国总部人员的参访专门做过各种酒的功课,这难不住她。

她一边在脑内搜索龙舌兰的特性,一边说下去:"属于一种烈酒,产自南美洲,被称为墨西哥的国酒。龙舌兰植物要经过 12 年才能成熟,龙舌兰酒制造业者把成熟后龙舌兰外层的叶子砍掉取其中心部位,这种布满刺状的果实最重可达 150 磅,果子里充满香甜、黏稠的汁液,然后再把它放入炉中蒸煮,这样做为的是浓缩甜汁,并且把淀粉转换成糖类。之后再挤压成汁发酵,果汁发酵达酒精度 80 度即开始蒸馏。"

大家不由自主鼓起掌来,白衬衫男孩开始用肆无忌惮的倾慕眼光看着她:"想不到,还有人和我一样这么喜欢龙舌兰……"

明珠的眼光停留在吧台边的一个人身上,她看清楚了,那高大的身形、微卷的头发、一成不变的格子衬衫,是他,没有错。

白衬衫男孩继续倾诉好感:"我知道城中有一家一流的龙舌兰酒吧,每周只接待 3 位宾客,如果有兴趣的话……"

明珠站起来,一边拍拍他肩膀说"好的,没有问题",一边走向吧台。

她坐在那人的旁边,静静地看着他,心情上下起伏。

过了一会儿,那人终于意识到身边有美女主动靠近,抬起头来,马上呆住了。

"老板,你回来了?"明珠先问一句。

这位当年带着她出道的前前老板眼神沧桑了好多,脸上多了一些横肉,短短 3 年时间,岁月在他身上打上了过于显眼的印记。

明珠看见旧人,突然无来由诸多感慨,刚开始的时候,她视他为职业偶像，一切以他为标准，服从之，模仿之；再后来，她上了一个大台阶，站到更高的位置，发现他或许有才，做人没有问题，但是做事过于迂腐，没有手段，并不能完全效仿，她有了新的偶像；再再后来，她又上了一个台阶，看到更多，经历更多，自我开始滋生，最终成形，所有的偶像都崩塌掉，她开始亲手建立自己的规则，建设自己的世界。

明珠听见对方说："明珠，我知道终有一天，会遇到你。"

明珠自顾自说下去："5年前我入的这一行，那个时候我每天都哭，认为自己什么都做不好，老板告诉我，要相信自己，一切都会过去；后来，我的工作能力受到认可，面临诸多诱惑，老板告诉我，人要守住自己，职业道德是一辈子的事；再后来，现实环境给我压力，我也曾经不择手段过，跌得满身是伤；再后来呢，我吸取人生经验，重新开始，以一个专业人的身份创造自己的事业和生活。"

何辰佑默默听她说下去，到这个时候，他仍然没有勇气抬起头来，直视她的眼睛。

"老板，你我不过是凡人，都会犯错，知错能改，就是最大成就；再说，没有人会记得我们犯错，不放过我们的，不过是我们自己。"

何辰佑感到鼻头一阵酸楚，几乎要落下泪来，他端起酒杯一饮而尽。

明珠注意到，有液体自他眼角滑落到酒杯，一起被他吞下。

都说男儿有泪不轻弹，明珠更相信，只是未到伤心处。

何辰佑终于镇定下来，他伸出酒杯，和明珠碰杯。

那边的 3 个年轻人看见她和一个中年男子侃侃而谈，以为她遇到了旧情人，不时好奇地看向她。

韩扬的嘴角带着几丝诘笑，这位对自己情感生活从来避讳不谈的美丽小姐姐不知道藏着多少故事，今天要趁机把她灌醉，让她交代个底朝天。

白衬衫男孩则忍不住心底的失望，一个带着失意颓废气息的中年老男人有什么好？浑身上下都是被生活碾压过的痕迹，要多沉重有多沉重，怎么能开心得起来。

另一位男生则事不关己地想，咦，这又是什么故事？看起来好像不是很开心。

游戏已经玩了两轮，3 个人喝了一些酒，话题开始蔓延开来，不一会儿已经笑成了一团。

明珠得知何辰佑目前是自由职业身份，诚意邀请他加入她的创业团队。

何辰佑感激曾经的得意徒弟今日能说这么多贴心的话安慰他，他感到自己心底已经开始有了生气。

颓废了这么久，他还不到 40 岁，总得振作，为将来努力。

人都是这样，只要这个世界上有一个人看见你，原谅你，你便可以原谅你自己。

何辰佑没有拒绝徒弟邀请，他是这样回答的："明珠，给我些时日考虑，我会联系你的。"

明珠知道在不久的将来，她的公司马上又要有人加入了。

又过了两周，竞标结果公布出来，明珠一颗心提到了嗓子眼，她的公司和 ME 并列第一。

她连忙电话甲方，询问具体情由，对方回复她：两家的创意不约而同都采用了微电影讲故事的方式，创意内容没有优劣，需要综合评估。

明珠忍不住叹气，他们唯一的优势就是方案创意，论其他，一个初创公司如何与实力雄厚的 ME 相比。

事情还有挽回余地吗？她陷入一阵苦思。

忽然有一天，有人电话她出来喝杯咖啡，她吃惊不已，但还是应了下来。

这人是 ME 管理层 4 人组其中的一位——杰克卢。

杰克卢开门见山道出来意："明珠，我知道在 IU 的新项目上，你和你的前老板约翰张是对手，我今天来找你只有一件事，那就是帮助你打败你的前老板。"

明珠吃惊地抬起头来，她一早听闻，杰克卢和约翰张均被提名未来 ME 大中华区总裁的接班人，两个人可以说是劲敌，明珠没有想到，她一个小人物也会被卷入这场明争暗斗里。

"最近微博上大热的'me, too'运动你一定知道吧？只要你肯面对媒体说出，当年微博上关于你和约翰张的绯闻都是约翰张自己制造出来，毁坏你的名誉，这件事情一定会于你有利，于你的公司的品牌效应也有利。"

果然，敌人的敌人就是朋友，明珠想。

她听见自己说："别人怎么会相信我一面之词呢？"

"我已做好安排，会利用最强大的媒体资源助你一臂之力，同时，我会找同事为你做证明。"

明珠倒吸一口冷气,个个都是得道成仙的老狐狸。

明珠说:"请容许我考虑清楚。"

对方点点头,留下联系方式,告辞。

真的要来个釜底抽薪吗?不不不,那样的话,她和约翰张有啥区别,她的公司要建立名声一定要自作品中来,而不是各种无厘头的炒作。

对方再联系她时,她是这样说的:"多谢提供机会,但这件事情我决定不参与。但有一点,约翰张多年来建立了盘根错节的人脉,关系是他的王牌,我相信多行不义必自毙。"

对方是聪明人,道声"明白"就挂了电话。

再过几日,IU公布结果:基于综合实力评估,ME最终胜出,但是如意传播作为创意优秀的公司,将被委托制作年度的公益宣传片。

明珠松了一口气,虽然380万元的案子和40万元的案子不是一个量级,但总算是赢得了第一个大客户。

经过这次事件,她也意识到,她的团队必须有足够的人才进来,否则,面对激烈的市场竞争,靠她一个人做起来,难度巨大。

她也学着诸葛亮三顾茅庐的典故去拜访何辰佑,还好,何辰佑没有让她多费口舌,在他们又一次碰面时,他已经精神焕发,决定重新振作,接受了明珠的邀约。

明珠又立刻着手租了一间小小的办公室,简单布置一番,如意传播开始走上正轨。

　　这个时候，又传来好消息，安匠的年度视频供应商竞标启动，她因为长期和甲方一起工作，受到良好评价，在此次竞标中，也收到邀约。

　　偶然一天，她在甲方那开完会，精神相当疲累，又路过笑笑的公司，于是电话她，两个人约好了一起吃晚餐。因为还没有到下班的时间，她便找了一家咖啡厅，打开电脑，一边办公一边等笑笑。

　　恍然间，她看见约翰张的车子从眼前驶过。

　　明珠想起，她大概有两个月的时间不曾见过约翰张，想起，他们不久又要在安匠的竞标上有一战，不免唏嘘。

　　她和她的前前老板一起迎战他们的前老板，这是一个复杂而充满未知的故事。

　　事实上，约翰张早在明珠看见他之前就看到了明珠。

　　明珠还不知道，约翰张和她的目的一样，都是来找笑笑的。

　　此时此刻，约翰张心绪烦乱，一边开车一边想起刚才的情景。

　　他和笑笑在下午3:30时约在旁边的酒店大堂里吃下午茶。

　　"笑笑，这是最后一次，真的，就这一次。"他乞求她。

　　笑笑看着眼前这个交往了半年的男人，突然觉得是那么的陌生。

　　她的目光由炙热变得平静，最终变成了完全的冷漠。

　　他曾经给了她那么多的快乐、见识、爱意，但也让她变成了一个背叛友情的人。

那件事，她一想起来就痛恨自己。

那一次她去机房看了明珠的创意，晚上时，约翰张饶有兴致地询问她细节，她和盘托出，并不知道，那时那刻，约翰张和明珠是竞争关系。

之后一次偶然的机会，她无意中听到约翰张和下属通电话，他们要根据明珠的创意，全盘修改自己的创意，最终拿下竞标。

她恨自己，更恨约翰张。

但让她觉得不知所措的是，她也爱约翰张。

奇怪了，一个人竟然可以对另一个人产生同样极端的两种情愫。

约翰张让她体验了她人生中从未有过的温柔体贴，教会了她很多成熟的做事方法，不仅如此，约翰张还带她见识了她从未见识过的亮闪闪的世界，那是一个充满成功人士、社会名流的世界，是她做梦也想要置身其中的世界。

所以，她原谅了他。

可是，就在刚才，从约翰张的嘴里亲自听到那句"再帮我一次"，她突然觉得一阵恶心。

她坚决地说："出卖朋友的事我绝对不会做的。"

约翰张在她面前一直扮演着导师的角色，拥有十足的自信，相信说服她只是时间问题，他继续循循善诱："成年人的世界里，利益是首要的，友情不是没有，但是在利益面前，友情算不上什么，笑笑，我和你有的是未来，我们的未来是连在一起的,而明珠呢?在你的世界里,她存在不存在,并没有那么重要。"

笑笑沉默地看着他。

约翰张在女人面前太过自信,这种自信让他失去了正常的觉察力,他没有注意到她死灰一样的脸色。

"笑笑,我今年只要拿下这两个客户,就有希望成为 ME 的大中华区下一任的首席执行官,我的荣誉就是你的荣誉。"

笑笑终于忍不住了,她爱他,所以忍了那么久,但他并不感恩,因为他只爱他自己。

她冷笑着说:"张先生,你搞错了,你的荣誉就是你的荣誉,谁都分不走的,我既不是你的妻子也不是你的合伙人,你当我是三岁小孩子?如果你真让我相信,不如分你的一半身家给我。"

约翰张到这个时候,终于反应过来,这个平时温柔乖巧,擅长仰起头来用崇拜的眼神看着他的小女友原来并不是什么傻白甜,也许是爱他的,但并没有被爱冲昏了头脑,仍然懂得坚持原则,保持自我。

他正呆望着她,她已经站起身来,丢下一句"后会无期",然后扬长而去。

约翰张起身想要追上去,但马上意识到这样的行为不符合他现在的身份地位,于是又拽拽西服,颓然坐下来。

明珠惊讶地发现,笑笑的眼睛肿成了两个水蜜桃。

"这是又失恋了?"明珠本能地问。

笑笑默默地喝一杯柠檬水,并不打算回应她。

明珠看出端倪来,这是真有伤筋动骨的事情发生了,身为情场老手的她从不为情所伤。

她安慰她:"伤心有时,难过有时,悲伤亦有时。总归不过是时间的问题。"

"明珠,我对不起你。"笑笑突然双手捂脸,大颗的泪珠从她指缝间流泻出来。

明珠受到惊吓,赶紧递一张纸巾给她:"有什么伤心事,不妨说出来。"

隔了一会儿,笑笑终于平静,她低着头,开始向好友一五一十地坦白错误,希冀原谅。

明珠的眼睛睁大了,先是吃惊,再是愤怒,最后是厌恶,最终,她平静下来,开始清晰地思考事情原委。

约翰张并不是十恶不赦的坏人,在何辰佑的事情上,还有在笑笑的事情上,在王明娜的事情上,以及在她自己的事情上,他都展示了一向的风格:不择手段,商业利益至上。

明珠心想:不如就从他的这个致命性格入手吧。

笑笑可怜兮兮地看着她,伸出手来按住她的手:"好明珠,我真的不是故意的,你要相信我。"

明珠的一张脸已经变得和颜悦色:"我当然相信你,笑笑,不要用渣男的错误惩罚你自己,你没有错,错就错在被爱冲昏了头脑。"

笑笑的眼泪还挂在脸上,但听了好友的话,一直在点头。

明珠继续说:"渣男就应该得到应有的惩罚,否则还会继续害人，你说是不是？"

一顿饭吃完，明珠已经把策略和执行问题全部制定好了，并详细解释给好友听。

笑笑狐疑地看着她："应该不会被他察觉吧？"

"不会的，相信我，我认识他的时间比你长，他太自信了。"

笑笑的一张幽怨的脸终于恢复了明媚的光彩，她与明珠击掌："就这么说定了！"

隔一天，傍晚时分，笑笑来到约翰张的高级公寓里。

一见面，立刻像一只小猫一样扑到对方怀抱里，两个人立刻像一对热恋中的小情侣一样热吻起来。

约翰张抚摩着笑笑柔顺的长发、滑腻的肌肤，那如狮子一样骄傲的自尊心又高涨起来，就在前两天，他还陷入了一场中年危机，怀疑自己的雄性魅力已经不在，一向对女人有办法的他已经过时了呢，直到刚才，他还处在一蹶不振的情绪旋涡里呢。

两个人亲热一番后，笑笑搂着他的脖子开始说情话，只见她嘟着嘴巴，佯装生气："亲爱的，这两天你为什么不找我？我几乎没有合眼，你看你看，人家的黑眼圈都出来了！都怪你，都怪你！"

约翰张立刻在她的左右脸上重重亲两口，说："都怪我，都怪我，那你要怎么惩罚我呢？"说话间，又开始吻她的脖子。

笑笑推开他，说："今天，人家要和你说正事。"

约翰张本来心里疑惑，怎么这么快就自己消气了呢，一听美人要谈条件,心里立刻明白了,嘴上说:"什么正事,反正你的正事我都依着你!"

笑笑立刻眉开眼笑,说:"你想要我做的事情呢,我可以帮你做,但是,你的荣誉就是我的荣誉,我想和你永远在一起!"

约翰张情不自禁地摆正一下身体,他明白了,她想要婚姻!

他飞快地在头脑里盘算,如果不答应她呢?这个案子胜算就是未知数,但是,如果答应她呢?约翰张看着眼前柔情似火的美女,她爱他,这一点他是肯定的。

约翰张听见自己说:"亲爱的,我真的爱你,如果你愿意嫁给我,我求之不得!"

笑笑立刻感动地扑上去,和约翰张纠缠在一起。

几天之后,王笑笑拿着明珠给她的案子交给了约翰张,又把约翰张的案子拍了照片发给明珠。

另一边,明珠、何辰佑和韩扬每天收集资料,讨论策略、创意和项目执行安排。

3个人时而争论得面红耳赤,时而又大笑不已,时而又互相打气,每天吃在一起,玩在一起,工作在一起,斗志昂扬的同时,几乎是形影不离。

最终,方案定了下来,策略端以何辰佑为主,创意端以明珠为主,日程安排和项目跟踪就以韩扬为主。韩扬这个鬼精灵,又自己制作了精美的、正对安匠的公关日历,让何辰佑和明珠另眼相看。

"年轻人有年轻人的好，是不是？"韩扬诘笑着说。

"那当然，一切潮流都得向你学习。"明珠立刻鼓励她。

"每一页再加上安匠的企业文化语录就更完美了。"何辰佑摩挲着下巴说。

韩扬立刻跳起来："我接受这个意见，马上就去改过来。"

这个反应让明珠和何辰佑怔了一下，随即心照不宣地笑起来，年轻真好，做什么都激情四射，容易哭，容易笑。

又过了几天，他们在安匠的竞标会议室外遇见了胸有成竹的约翰张。

约翰张若无其事地抢先过来打招呼："你看我们ME真的是公关界的黄埔军校，市面上的好案子说到底，还都是我们的，肥水不流外人田啊。"

明珠只觉得他卑鄙，今天已经不想隐藏任何想法，她直接说："是，所以今天我们众志成城，来为行业除害，维护行业良心。"

约翰张的笑容立刻冰冻在脸上，他正琢磨事情原委，听见何辰佑说："您别介意，明珠今天看到了另一家竞争对手，心情不好。"

明珠也觉得自己唐突，万一约翰张有所觉察，那不是前功尽弃。

约翰张又对何辰佑说："你这名才子，终于回来了。"

说话间，甲方工作人员过来宣读竞标顺序，大家都各就各位。

再过一周，甲方公布结果，ME 以综合评分 1 分的优势险胜如意传播，明珠不是没有想到这种结局，但还是一时难以消化。

王笑笑的电话马上来了："约翰张这只老狐狸，一早知道我给他的方案是假的，重新准备了 3 个创意方案，真是一等一的好演员，他骗了我们。"

明珠安慰好友："不是我们太好骗，是这只狐狸有千年的道行。"

但是，仅仅过了两周，事情又出现另外转机。有人举报约翰张学历造假，一时间里，连带着 ME 也被推上风口浪尖，紧接着，又有人揭发约翰张屡次利用下属作品申请奖项，一时间，他的专业能力受到全面质疑。

在一个深秋的午后，明珠接到安匠集团市场部的电话，他们综合考量上次竞标结果，决定重新评估，最终胜出者为如意传播。

惊喜来得太突然，如意传播的 3 个人当即在公司地板上打开香槟就庆祝，正在碰杯间，有人敲门。

3 个人立刻警觉，如果是客户上门，那太不像样了。

韩扬走过去捏着喉咙问："这里是如意传播，请问您是？"

对方爽快地催促她："快开门快开门，我是王笑笑。"

3 人立刻大笑起来。

门打开了，只见笑笑左手拎着一个大袋子，里面一堆速食盒子，右手一个大袋子，里面有各式饮料。

韩扬立刻抱住她："笑笑姐，爱死你了。"

明珠喊她:"我的女间谍来了。"

笑笑一屁股坐下来,说:"终于出了一口恶气,好不舒畅。"

明珠说:"约翰张一向欺人成性,今日终于得到报应。"

笑笑喝一口香槟:"约翰张正在被调查,不知道谁是这幕后的英雄。"

话音刚落,听见何辰佑开口:"君子报仇,十年不晚。"

大家齐齐把目光看向他,明珠顿时明白了:"是你,对不对?"何辰佑不置可否:"为什么不可以是我?你以为这3年我真的日日饮酒抱怨命运?"

明珠忍不住向他竖起大拇指:"何老板,之前我一直以为,你什么都好,就是过于佛系,凡事总是多一事不如少一事。今天看到你也肯站出来为自己伸张正义,真正为你高兴。"

笑笑总结性地说:"约翰张的职业生涯至此了结得差不多了,这是自作自受。"

韩扬听了大家讲述这么多,多多少少猜出一些原委,噘嘴说:"职场人士真可怕,个个有多种面具,真怕有一天,我也会变成你们中一员。"

明珠戳戳她的鼻梁骨:"真要那样,就是你的修行了。"

这一晚上,4个人喝到深夜,酩酊大醉,好不痛快。

21 你的坚持终将美好

又过了几个月,如意传播已经正式上了轨道,又加大招聘力度,到年底时,明珠不得不重新物色办公室,人员已经有12名。

圣诞节前夕,笑笑约明珠喝酒。

明珠最近太过忙碌,仔细一算,已经有40多天没有见过好友。

再见笑笑,看到她脸颊丰腴了一些,衣服颜色变素,说不出来具体是哪里,整个人精气神已经不同以往,今年结婚、当妈的希望落空了,她好像因此却放松了很多。

"我要去留学了。"笑笑淡淡地说。

明珠吃一惊,立刻问:"去哪里?"

"英国。"

明珠仔细站在好友角度设想一番,觉得也是上上选择,她只是有些不舍:"其实,如果想重新开始,有很多种方法,比如,换一份真心喜欢的工作,或者换一个真心互相欣赏的男朋友,再或者,搬到一个真心喜欢的房子里住……"

笑笑打趣道:"不不不,你别想多了,我去英国,目的也是要猎取优质男性的,据说,他们普遍家境优秀、成绩不好,所以都在发达的资本主义国家留学镀金混文凭。"

两个人笑出声来。

电话突然响起,明珠接起来,听见韩扬火急火燎地说:"老板,明天我要和何辰佑去参加行业聚会,你看我穿什么、背什么好?"

明珠正要脱口而出:"香奈儿永远不会错。"

话到嘴边又咽下去,她顿一顿,说出来的是:"衣装的总则是得体,可以表达你自己,至关重要的一点是,要拿出足够的气场、专业态度、不卑不亢,用专业赢得尊重。"

韩扬得到满意答复,挂断电话。

"我记得有一段时间,你花费很多心思置办行头,每次都说,人靠衣装马靠鞍。对下属却这样交代。"笑笑以为她故意打发下属。

"穿衣如人生,在某个阶段,当你太弱小,就想靠行头来增加自信,但当你真正强大,又不会怎么在意行头,因为你的人比你的行头更能为你代言。"

"说到底还是经济基础决定一切,我发现你月薪2万和年薪百万时,像是完全不同的两个人。"

"也许,"好友的话让明珠若有所思,"可那是表象,真正变化的是自我,从月薪2万至年薪百万,是升级打怪的过程,也是重塑自我的过程。自我一点一点汇聚,你发现你和世界可以和平相处了,不需要再证明什么,炫耀什么,反抗什么。你发现,无论环境如何变化,你还是你,一切化繁入简,人越来越朴素。你看见了自己,也看见了别人、看见了世界。所以,我鼓励年轻女子多努力探索自我。"

笑笑撇撇嘴:"你这样说话,就是在讽刺我。"

"奋斗有多种,人各有志,你不也在情场里奋斗吗?现在又要去开辟国际市场,多么伟大的爱情事业。"

两个人又禁不住笑起来。

笑完后,笑笑又正色道:"以前我总觉得你沉迷于心灵鸡汤,什么寻找自我,爱上自己之类,现在看你已经成为另一个人,事业顺遂,情感生活越来越丰富,举手投足自信满满,又觉得你那些心灵鸡汤是真鸡汤。"

"亲手熬制的,怎么会有假?"

"说真的,我也是最近刚发现,我其实并不爱自己,并不遵从自己真实的需要。我发现嫁给金龟婿也不应该是我人生的目标,我的人生目标是要建立幸福的家庭。"

"你终于要觉醒了?"明珠吃惊地说。

"那快给我熬制一碗真鸡汤,如何爱自己呢?"

"真的有一碗在等着你,所谓爱自己,就是接纳自己,不随便指责和挑剔自己,不要用别人的标准来衡量你自己,因为'你自己'最珍贵。"

笑笑若有所思地点点头,然后,又像是想起了什么一样问:"之前你不是推荐给我一份'连接真实的自我'的表格吗?我试了试好像真的有用,这次有没有类似可操作的工具?"

明珠暗想,原来好友并不像她表面上看起来的那么笃定和潇洒。

"问对问题了,我亲手制作了一份'如何爱自己'的表格,发给你。"

"这才是好闺蜜,能一起成长。"

"要坚持啊,三天打鱼两天晒网是看不到效果的。"

"知道啦。"王笑笑乖巧地说,露出难得的谦虚表情。

明珠不禁笑出来。

春节马上进入倒计时,明珠突然开始心情沉重。

她问韩扬:"春节去哪里?要不一起去古巴玩耍?你不是一直想去吗?"

韩扬一点也不含糊地回答她:"不不不,谁和老板一起去玩耍,又不敢吵架又得时刻伺候着,我要和男朋友一起去。"

明珠瞪她一眼。

明珠又问何辰佑:"何老板,你春节是不是留在北京?要不要到时候一起去日本玩耍?"她和何辰佑早已在一天天的吵架中发展成闺蜜关系。

何辰佑像看透了她心思一样地说:"你是不是怕回家呢?怕被逼婚?其实没事,都是成年人了,别人说什么就当耳旁风。还有,我要回云南老家陪我70多岁的老父亲过年。"

明珠无奈地叹口气。

她哪里是怕被逼婚呢?

她已经有大半年时间没有和家里人联系,开始是想让他们明白边界,拒绝再被勒索,到后来,是真的生分,不知道该如何开口联系。

明珠想,她和家人的关系除了纯洁的金钱关系和勒索与被勒索的关系,真的就没有其他了吗?

不是的,她一边喝一杯小酒,一边坐在沙发上想,她还是爱他们的,不过是,她的爱有了原则。以前,她以为爱是无私的给予,现在,她相信爱要原谅,要包容,也要原则。

想到这里,她鼓起勇气拨通了母亲的电话,电话那头马上传来母亲的声音:"珠珠……"

明珠的一颗心立刻暖和起来。

生平第一次,她和母亲的对话与钱无关,母亲问:"你弟弟最近一直念叨,你什么时候回家过年?"

"嗯,正准备买机票,得先安排好工作。"

"那你注意身体,我和弟弟搬到了新家,你的房间是你弟弟设计的,他说姐姐喜欢粉红色,因为姐姐无论多大,都一直有少女心。"

明珠无声落泪。

她又听见母亲说:"这些年你为我们付出不少,我用了你爸爸留下的钱,我也不操心你弟弟以后了,看他自己本事吧。你看你,我从来没有管过你,你不是也很好吗?"

泪光中,明珠讶异,怎么就突然想通了呢?

挂了电话,她想明白了,一切都是因她自己而起的。开始的时候,她什么都依着家庭,家庭视而不见,看不见她的求救,对她予取予求。后来,她划定界限,从给予者和付出者角色中退出来,他们突然看见了她,开始自己对自己负责,也从中明白，没有人的付出是天经地义的。他们学会了尊重她、爱护她，关系开始变得和谐。

一日黄昏，她在客户的办公室开完会，正站在大厅等司机开车过来，突然有人在背后叫她："万明珠，我终于找到你了。"

明珠转身，睁大了眼睛，果然，出来混迟早是要还的，叫住她的人是孙一白。

孙一白一双热切的眼睛盯牢了她："你为什么删除我的联系方式？我找你找得好辛苦。"

明珠强装镇定："孙先生，我们的工作任务已经完成，没有必要再联系。"

孙一白情绪突然激动："我和何欣已经分手了，真的，我对你是一见钟情。"

明珠按捺住情绪："还请您自重，我们只是普通朋友。"

孙一白走上前抓她的胳膊："不是的，明珠，你分明对我也有同样的感受，只是碍于我和何欣的关系，是不是？"

明珠吃惊地想，搞艺术的人是不是都有自我催眠症或者臆想症？她对他从未表达过什么，也从未有过任何情愫。

她甩开他的胳膊，快步走出人流来来往往的大厅，朝着街角的方向走去。

但他不死心，跟了出来，说："明珠，你究竟怎么了？我真的很喜欢你，你也是喜欢我的是不是，我的心可以感受得到的，我的心不会欺骗我的。"

他走到明珠的前面，伸出胳膊来使劲把明珠搂在怀里，他身材高大又健硕，明珠大力挣扎，无法挣脱。

明珠泪流满面，一边挣扎一边解释："你真的误会我了，我对你没有其他意思……"

突然之间，仿佛天降神兵，有人从后面把明珠从对方怀抱中拉开了。

明珠正要回头一看究竟，听见那人说："我是她男朋友，你是谁？"

那人是周天。

孙一白惊恐地看着对方："不可能，我才是她男朋友。"

孙一白扑上来，两个人打了起来，明珠上去试图要拉开两个人，可是哪里有她伸手的余地，她不知所措，急得直哭。

这是怎么了呢？事情怎么会成为这样？

她掏出手机来给120打电话。

从医院出来，明珠带着脸上贴了几片纱布的周天去了星巴克。

两个人面对面坐着，突然都笑了起来。

"你应该结婚了吧？"明珠故意问他。

"嗯，孩子刚出生，所以心怀感恩，出来行侠仗义。"

明珠一颗心微微发疼。

"都有孩子了，还这么孩子气，跑出来打架。"

"说得对，假如有一天有了孩子，我一定坐在家里，不出门不生事，每天看着他怎么长大。"

明珠猛然抬起头来。

"还是那么傻啊。"周天捏捏她鼻子。

明珠转头看向窗外,突然笑出来。

周天把她的手放在自己的手里,紧紧地握着。

"估计要握一辈子了。"

"你想得美!"明珠瞥一眼他。

她的眼泪汩汩而下,原来,太幸福和太不幸都会生出恐惧,担心时间不能停留在这一刻,也担心下一刻发现一切都是梦境。

这天晚上,在梦里,明珠又见到了那个一身白衣的小女孩,只是,她发现,她长大了,变成了一个青春靓丽的女孩子。

但她一如既往地问她:"为什么,我的父母都不爱我?"

明珠走过去,拉着她的手,坚定地告诉她:"这些都不重要,将来有一天,你会爱上你自己,他们也终将会爱上你的,请静待时日。"

那白衣女子立刻露出明媚的笑容:"谢谢你,我也真心爱你。"

附录

表格一：连接真实的自我

在过去的职业生涯里，我有幸采访过很多著名的商界人物，也借机聊过很多关于人生的重要话题，这些谈话以及观察进一步印证了我自己深以为是的价值观：物质是幸福生活的基础，但只是重要条件之一，一个人真正的幸福感一定是来自"活出真实的自我"。

另外，因为教育与文化的影响，我们的社会很少鼓励一个人去探索真实的自我。大部分人终其一生，都不知道什么是真实的自我，或者停留在"以为自己知道了"的阶段，但事实上，仍然是在权威、社会流行价值观等很多似是而非的框架下做出思考和判断。以下的工具是我自己在多年的自我探索过程中总结出来的有用工具，长期记录情绪不仅可以让一个人进一步认识情绪，变成一个好脾气的人，最终成为情绪的主人；最重要的是，可以让一个人与真实的自己成功连接，从而为拥有一个幸福充盈的人生打下必要基础。

"连接真实的自我"心理日记　　日期：_____

今天让我开心的事情	原　因
1/	1/
2/	2/
3/	3/
今天让我不开心的事情	原　因
1/	1/
2/	2/
3/	3/

表格二：如何爱自己

随着女性主义的崛起，"如何爱自己"这个话题已经成为一种新的"流行宗教"。大家都知道要爱自己，但是很少有人真正明白，或者真正花很多心思去了解、研究爱自己的正确方法。

有句流行的话叫"爱自己是终生浪漫的开始"，我想，只有真正做到的人才能体会到其中的真义。当一个人能真正地爱自己，就把人生的主动权交给了自己，也只有能真正地爱自己，才可以真正地懂得如何去爱别人，才能够体会到这个世界温暖柔软的另一面，也才能够体会存在本身就是一种"Amazing Grace"。

"如何爱自己"心理日记　　　　日期：_____

1. 我今天做的最赞的事情是？

2. 我今天有没有指责、否定自己？为什么？

3. 我今天有没有挑剔自己？为什么？

4. 我今天有没有按照别人的标准来衡量自己？如果有，是什么？